Paul Schmidt ist noch ein Kind, als sich seine Mutter umbringt, doch hat er die Tat heute längst als Unfall und sogar als künstlerische Manifestation der Stärke umgedeutet. Fortan gilt die Mutter, die ihrem Sohn vor ihrem Ableben den unbedingten Glauben an sich selbst einschärfte, als unantastbare Ikone seiner Überzeugung. Andere Menschen sind, wenn nicht gar hinderlich, so zumindest doch bedeutungslos für ihn, dessen Welt ganz und gar aus der Liebe zur Mathematik besteht. Als Paul schließlich seine viel versprechende wissenschaftliche Karriere als Mathematiker an der Universität beginnt, trifft er auf die attraktive Soziologin Caroline, der er mit Haut und Haar verfällt. Doch er kämpft um seine Überzeugung, die sich mehr und mehr durch seltsame Gefühle bedroht zeigt: Es entbrennt ein Kampf zwischen Rationalität und Emotionalität.

Fred Thiele wurde 1977 bei Leipzig geboren und wuchs in der Leipziger Tieflandsbucht zwischen den Braunkohletagebauen der zusammenbrechenden Diktatur des Proletariats auf. Erste schreibende Betätigungen unternahm er bereits während der Schulzeit, als die Wende über das Land kam. Ab 2000 folgten Gedichte und Kurzgeschichten, die einen Ausgleich zum Studium an der Jenaer Universität bildeten. Der Autor präsentiert mit der Novelle »Die Überzeugung« seine erste Buchveröffentlichung.

Die Überzeugung

Novelle

Fred Thiele

2. Auflage, Gera im November 2011
Hergestellt durch Books-On-Demand
Korrektur R/G: Textsalat.Leipzig
Copyright © Fred Thiele
Fotokunst © Elena »Kassandra« Vizerskaya
ISBN 978-3-842-35835-5

☛ HTTP://WWW.BOD.DE
☛ HTTP://WWW.TEXTSALAT.DE
☛ HTTP://WWW.NOVOLIT.DE
☛ HTTP://KASSANDRA.PHOTODOM.COM

»Mancher findet sein Herz nicht eher,
als bis er seinen Kopf verliert.«

Friedrich Nietzsche

I

Wie im Rausch schlugen meine Hände aneinander und mir war dabei gänzlich unklar, ob das eben Gesehene tatsächlich meinen Applaus verdiente. Alles nur für diesen so genannten »Künstler«. Ein sehr bekannter Schauspieler war er, der von den Frauen geliebt und von den Männern bewundert, aber selbstverständlich auch verachtet wurde. All diese Varianten der Verehrung, zu denen man auch die Verachtung zählen sollte, resultierten mit Sicherheit aus seiner Art, die irgendwo zwischen trotziger Naivität und Heldenmut stand. Zunächst fühlte ich mich jedoch keinesfalls dazu berechtigt oder gar berufen, seinen Auftritt in irgendeiner Form zu kritisieren. Man könnte den Mann als Prototypen eines Schauspielers bezeichnen, gekennzeichnet durch das Vorhandensein von Charisma, eine strohblonde, von strähnigem Haar bestimmte Frisur, ein konturenreiches, kantiges Gesicht mit Dreitagebart, tief blickende, blaue Augen und eine Körpergröße von etwa zwei Metern. Zusammen vermochte das auf der Unsberger Theaterbühne durchaus noch gewaltiger zu erscheinen. Alles in allem bewirkte diese überaus beeindruckende Inszenierung eine beachtliche und für mich selbst einigermaßen überwältigend hereinbrechende Respektsbekundung in Form des Aneinanderschlagens meiner Hände. Doch etwas stimmte nicht. War das, was dieser imposante Hüne da vollführt hatte, der Auslöser für meinen Applaus? Oder wurde dieser nicht vielmehr durch das um mich herum sitzende, übrige Publikum verursacht? Hatten sie mich nicht zwangsläufig durch ihre zweifelhaften Bekundungen der Anerkennung dazu angespornt? War dies nicht ein selbst-laufender, gruppendynamischer Prozess, der mir kurzfristig die Anwendung gesunden Menschenverstandes vernebelte? Es darf wohl als vorläufiger Endzustand der Sozialisation des Menschen bezeichnet werden, dass die große Masse sich immer noch wie in einer Tierherde unter einem Alphamännchen zu unterwerfen sucht. Wie Gorillas ihrem Silberrücken folgen, so schienen mir auch die Menschen hier in diesem Saal, die einer bombastisch inszenierten Aufführung eines Charismatikers auf den Leim gingen. Einige von ihnen riefen sogar »Bravo« oder pfiffen, was ich bisher immer als eine negative Bewertung in Form des wohl bekannten Auspfeifens missdeutet hatte. Doch was hatte jener Mensch denn eigentlich vollbracht? Er versuchte sich an einer Rezitation früher Gedichte eines von mir ausgesprochen geschätzten, leider bereits verstorbenen Künstlers. Mir ging es um den Inhalt, den dieser hochgewachsene Blonde da wieder aufleben lassen wollte. Selbstverständlich betrachtete ich meinen Besuch als eine Frage des Respekts gegenüber dem unvergleichlichen Original. Dieser bedingungslos nach dem Absoluten Gierende hatte sich in einem schonungslosen Lebensstil aufgerieben und war später in Kalifornien zu Grunde gegangen. All dies geschah noch vor meiner geistigen Reifung, die ein tieferes Verständnis seiner Kunst überhaupt erst hätte ermöglichen können. Anerkennung zu bekunden war also die Grundlage für mein Erscheinen gewesen. Doch nun applaudierte ich da irgendjemandem, der sich mit beiläufigen, abwertenden Bemerkungen über den damals angeblich so fatalen Geisteszustand des von mir hochverehrten Schauspielers und Dichters über den Rand meiner Toleranzschwelle hinaus begab. Die frühe Lyrik des von unbefriedigtem Lebensdurst gepeinigten Exzentrikers wurde von seinem anmaßenden Rezitator im Nachhinein von unzumutbarer Relativierung verdorben. Das war nun doch zu viel! Geht ein Schauspieler nicht vollständig in seiner Rolle auf, so ist er kein guter Schauspieler. Allenfalls ist er ein Clown, ein billiges Plagiat der Person oder des Konzeptes, das er zu spielen versucht. Dieser Schauspieler, unbestreitbar von Charisma umwoben, schwächelte vor der Mächtigkeit des Originals, dessen Rolle auszufüllen er sich in respektlosester Weise erdreistet hatte. Es gab nur eine einzige Erklärung dafür. Nicht die Kunst des Originals stand ihm im Sinn. Stattdessen versuchte der Plagiator sich selbst zu beweihräuchern, indem er die Ruhmesaura der angenommenen Rolle auf sich übergehen lassen wollte. Der Lügenzauber, der mich umwob, fiel endlich von mir ab und ich stellte mein Händeklatschen sofort ein. Noch während die Wellen des Applauses der mich umgebenden Unwissenden nicht abklingen wollten, erhob ich mich von meinem Stuhl und war entschlossen, den Saal sofort und unbedingt zu verlassen. Anscheinend hatte ich den Zeitpunkt falsch gewählt, denn gerade, als ich während des Anschwellens einer solchen Applauswelle aufstand, geschah Seltsames. Links neben mir richteten sich weitere Leute applaudierend auf. Erst zwei, dann drei, dann immer mehr. Ich bemerkte, dass rechts von mir ebenfalls einige aufstanden, nachdem sie kurze Blicke in meine Richtung warfen. Nach einer knappen Phase der Gewahrwerdung, dass ich derjenige war, der diese völlig unangebrachten stehenden Ovationen erzeugt hatte, sah ich, dass sich auch hinter mir, einer Kettenreaktion gleich, Leute erhoben und noch intensiver zu applaudieren begannen. Höchst peinliche Jubelrufe musste ich vernehmen. Von diesem idiotischen Verhalten meiner Mitmenschen hinreichend amüsiert, setzte ich wieder in das allgemeine Klatschen ein und stellte mir vor, alle bedankten sich *nur bei mir* für die treffliche Leistung, die Kunstlosigkeit dieses vermeintlichen Künstlers, dieses so genannten Schauspielers, enttarnt zu haben. Der so um ein Vielfaches angeschwollene Klatscheffekt ließ zudem auch einzelne Leute in den Reihen vor mir ebenfalls davon Notiz nehmen, dass aufzustehen und aufgerichtet dem anspruchslosen Schauspiel zu huldigen, jetzt wohl angebracht war. Fast der ganze Saal hatte sich mittlerweile erhoben. Darunter befanden sich naturgemäß genügend Personen, die die Entscheidung, worüber zu applaudieren sei, in das Ermessen anderer legten. Einige von ihnen mussten sich im Inneren eingestanden haben, sie wären dieser Veranstaltung nur aus Gründen der Gefälligkeit gefolgt. Wie viele Menschen betrachten es als ernst zu nehmenden Kompromiss ihrem Partner zuliebe in eine Veranstaltung zu folgen, die sie für sich selbst freiheraus ablehnen würden. Sie hätten genauso gut zuhause bleiben können, was sie auch getan hätten, wären sie keine Schwächlinge. Andere wiederum umgeben sich vorsätzlich mit dem Schmuck von Kunst, ohne ihn jemals auch nur ansatzweise in seiner Tiefe und Bedeutung zu erfassen. Wenige nur werden es gewesen sein, die aus anfänglichem, ehrlichem Interesse zu dieser unwürdigen Veranstaltung gekommen sein dürften. Im Publikum hatte ich jedoch keinen dieses Typus erkannt. Was für eine armselige Versammlung von Toren bot sich mir dar! Dieses Maß an Anspruchslosigkeit, diese fehlende Anwendung eigener Bewertungsmaßstäbe über das Gesehene werden sie niemals auch nur annähernd verstehen lassen, weil sie nicht im Geringsten der großartigen Leistung des ursprünglichen Künstlers auch nur den Hauch einer ernst zu nehmenden Wertschätzung werden entgegenbringen können. Das verbietet sich, nachdem sie einem so schlechten Plagiat derart intensiv gehuldigt haben. Kopfschüttelnd lachte ich in mich hinein und mit einem äußerst belustigten Grinsen verließ ich unter fortdauerndem Applaudieren den Saal. Ich war der Erste, der hinausging und ich würde auch der Einzige bleiben. Alle Anderen würden nicht *hinausgehen*, sondern vielmehr nur einen Abend in ihrem unbedeutenden Dasein besonders kümmerlich verbracht haben, weil sie nicht erkannt hatten, was sie hätten erkennen können, ja hätten erkennen *müssen* – eine Farce par excellence!

II

Mein Name ist Paul Schmidt. Zur Welt kam ich im Jahr 1978 in der Stadt Unsberg als einziges Kind meiner Eltern, von denen ich nicht sagen kann, wie sie zusammentreffen konnten. Während meine Mutter ein Hort der Lebensfreude und von der Liebe zur Kunst geprägt war, verhielt es sich bei meinem Vater ganz anders. Er war still und zurückhaltend, lebte so vor sich hin und wollte keinen Aufruhr. Man könnte sagen, die Verbeamtung floss ihm ins Gemüt. Ich selbst bin kein besonders belehrender Mensch, womit ich meine, dass es nicht meine Aufgabe ist, anderen jenes Wissen zu vermitteln, das sie meiner Ansicht nach benötigen. Mein ganzes Leben lang wurde meine Überzeugung durch die Erfahrung genährt, dass andere immer falsch lagen, wenn sie in ihrer Meinung von der meinen abwichen. Zum Glück wurde es mir bereits in frühesten Zeiten vermittelt, dass nur der Verlass auf die Richtigkeit der eigenen Meinung zum persönlichen Erfolg führen kann. In diese Erkenntnis lasse ich mir in keiner Form hineinreden, nachdem sie mich so lange Zeit von ihrer Wahrhaftigkeit überzeugt hat. Zugegeben, manchmal zwingt einen das Leben zu Zugeständnissen gegenüber anderen Leuten, mit denen man aus diesem oder jenem Grund zu schaffen hat, oder glaubt zu tun haben zu müssen. Oftmals hätte sich zwar die Möglichkeit ergeben, auf diese Leute zu verzichten, doch als ein Mensch, der auf seine eigene Meinung hält und aus seiner Erfahrung heraus nichts anderes zulassen kann, muss ich sagen, dass auch Leute, mit denen man gezwungenermaßen zu tun hat, hilfreich sein können. Man muss nur ihre Verhaltensweisen erkennen und sie dann dementsprechend behandeln. Betrachten wir diesen Zusammenhang am Beispiel meiner Eltern.

Mein Vater war offensichtlich immer der Meinung, dass meine Mutter die Entwicklung der Familie prägend bestimmen sollte. Für mich steht nach allem Wissen, das ich heute als das Meine bezeichnen darf, fest, dass er diese Auffassung aus einer ureigenen, naturgegebenen Schwäche heraus besaß, die sich seiner mehr und mehr bemächtigt hatte und ihn Jahr um Jahr stiller und zurückhaltender werden ließ. Meine Mutter jedoch wies diese ihr aufgenötigte Alleinverantwortung sehr bald entschieden von sich. Sie tat dies wohlgemerkt nicht in Angesicht dieser Verantwortungspflicht, die sich vor ihr riesenhaft auftürmte, sondern vielmehr durch die Passivität und schweigende Genügsamkeit meines Vaters. Vermutlich erwachte in ihr kolossaler Unmut und tiefste Ablehnung gegenüber der allgegenwärtigen Zurückhaltung, dieser Agonie der sie umgebenden Welt, die sich in ihrer unmittelbaren Nähe breitmachte. Das erste Wort, das ich zu schreiben begann, war mein eigener Vorname. Der Schriftzug floss mir bereits im Alter von vier Jahren aus der Hand. In diesem Alter konnte ich außerdem schon bis zehn zählen und kleinere arithmetische Aufgaben lösen. Ich erinnere mich noch sehr genau an das Lob meiner überaus stolzen Mutter. In diesem mütterlich-kreativen Umfeld, das mich unterstützte und meinen geistigen Kräften zu früher Reife verhalf, wuchs ich heran. Als ich als Fünfjähriger frisch in die Schule gekommen war und bereits vor allen anderen das Alphabet vollständig beherrschte, reifte im Kopf meiner Mutter wohl ein Plan, auf welche Weise sie ihren Unmut über ihre Umwelt geeignet würde kundtun können. Ich erinnere mich ziemlich genau. Sie verabschiedete sich mit den Worten, dass sie noch einkaufen wolle und Vater nickte ihr zu, ohne sie dabei anzusehen. So war es oft mit ihm, wenn er in Gedanken schon ganz woanders war, zum Beispiel in seinem Keller. Die Mutter schloss still die Wohnungstüre hinter sich und ich begleitete den Vater hinab in sein »Paradies«, um ihm beim Spiel mit seiner geliebten Modelleisenbahn Gesellschaft zu leisten. Das konnte ich mir erlauben, da ich sämtliche schulischen Aufgaben für den nächsten Tag bereits erledigt hatte. Während alle anderen dieser jämmerlichen Kreaturen, die meine Mitschüler waren, noch nicht begriffen hatten, dass sie nun in der Schule waren, ja, schon da spürte ich, was ich heute mit endgültiger Sicherheit weiß: Es ist etwas ganz Besonderes, in der Schule die Grundlagen dafür zu schaffen, logisch-rational an Problemstellungen heranzutreten, zu lesen, zu schreiben, zu rechnen, später auch zu abstrahieren und zu spezialisieren, zu kategorisieren. Es ist der erste Schritt zu der für das denkende Individuum so existenziellen Fähigkeit, seine eigene Meinung zu entwickeln und seinen Horizont über das Bestehende hin zum Höheren, zum größeren Ganzen hinaufzuführen. Schlechterdings gilt die Schule heutzutage als meidenswerter Ort, den Kinder lediglich mit wachsendem Missmut besuchen. Ich vermute die Eltern als Grund für diese Degeneration des Lernwillens bei den Heranwachsenden, die ihrerseits in jenen Zeiten alles überflutenden Konsumgebarens ein Leben in der Lethargie ihrer von außen erzeugten Bedürfnisse führen. Als meine Person damals in die institutionalisierte Form des staatlich verordneten Lernens eintrat, da triumphierte mein Vorwissen von Beginn an. Es waren Grundlagen, die ich in ihrer zum damaligen Zeitpunkt bereits respektablen Ausprägung ausschließlich meiner Mutter zu verdanken habe.

Da ich also an jenem außergewöhnlichen Nachmittag meine Hausaufgaben bereits erledigt hatte, die ich vernünftigerweise sehr früh schon als »meine Arbeit« bezeichnete, folgte ich meinem Erzeuger in seinen Hobbykeller, um ihm etwas Begeisterung vorzuspielen. Ich wusste wohl, dass diese Art des Benehmens mir bei ihm durchaus Vorteile verschaffen konnte. Er, dessen Modelleisenbahn ihn in sein wirkliches Leben zu versetzen schien, spielte frei wie ein Kind so treuherzig mit der überschaubaren und steuerbaren heilen Welt des Modells. Hier war er in der Lage abzutauchen, sozusagen aus seiner kaum zu ertragenden Realität hinein in ein Spielzeugland zu reisen. Mein Vater war ein einfach zu durchschauender Mensch und mit wenigen, einfach zu erlernenden Gesten zu großzügigen Zugeständnissen zu bewegen. Wenn er sich in seinem kindlich-naiven Glück befand, mit dem er an seiner den Kellerraum zu zwei Dritteln ausfüllenden Modelleisenbahn schraubte, lötete, klemmte, neue Schienenwege auslegte, kleine Plastikbäumchen pflanzte oder gar irgendeinen ach so besonderen Lokomotivtyp in seine Schutzwelt einführte, da war er empfangsbereit für Wünsche, selbst größerer Art. Ich glaube, an diesem Nachmittag habe ich ihm die Zustimmung zum Kauf eines von mir ersehnten Taschenrechners abgerungen. Es handelte sich um ein Folgeprodukt des Gerätes, das ich bei Karl von Metzenfelder gesehen habe. Selbstverständlich stellte dies keinen primitiven Neid dar. Vielmehr ging es mir darum, dass ein einfältiger Zeitgenosse wie Karl, auf den ich später noch zu sprechen kommen werde, mit dem Gerät nicht das Geringste würde anstellen können. Mir dagegen sollte eine solche mathematische Stütze verwehrt bleiben. Das war es, was mich ärgerte – das konnte nicht sein! Die Zeit verrann. Bei Einbruch der Dunkelheit wies ich den Vater darauf hin, dass es bereits sehr spät sei und ich schon längst schlafen müsste. Es weckte in ihm die Erinnerung an meine Mutter, auf deren ausstehende Rückkehr ich ihn zuvor nicht extra aufmerksam zu machen gedacht hatte. Was für ein Träumer er doch war! Nun aber lief er aufgeregt, beinahe gehetzt und ihren Namen zunächst aussprechend, dann rufend, danach schreiend durch das gesamte Haus und ich wunderte mich, denn es schien, als ob er eine Vorahnung hatte. Dieses Gebäude war ein vom Krieg verschont gebliebenes Haus aus der Gründerzeit mit mächtigen Räumen auf zwei Etagen und besagtem Keller, der einen extra Abstieg in einen solide eingerichteten Weinkeller bot, dessen Pflege sich mein Vater, ein mittlerer Beamter in Staatsdiensten, in schwärmerischer Hingabe ausgiebig zu widmen pflegte. Sein unterirdischer Sandsteinverhau mit den guten Tröpfchen und seine Modelleisenbahn stellten seine einzigen beiden Freizeitbeschäftigungen dar. Oft saß er allein zwischen seinen französischen, spanischen, deutschen und italienischen Schätzen. Dass er diese dort nicht ausschließlich verwaltet und bewundert haben wird, erscheint folgerichtig. Nichtsdestotrotz habe ich ihn während meiner Kindheit niemals so benebelt gesehen, dass er etwa von seinem schüchternen und extrem zurückhaltenden, ja schwächlichen Naturell abgewichen wäre. Nirgendwo im Haus war seine Frau zu finden und er brachte mich mit schweißbedeckter Stirn in mein Zimmer, wo ich auf mein Verlangen hin noch etwas Rechnen üben durfte, während mein Vater in der Küche auffallend unruhig auf und ab gegangen sein musste. Natürlich verunsicherte auch mich die überfällige Rückkehr meiner Mutter zunehmend. Ich öffnete die Türe leicht und konnte so mit anhören, was vor sich ging. Er rief verschiedene Leute aus unserem Bekanntenkreis an. Ohne Erfolg. Niemand wusste, wo sie sich aufhielt. In seiner Stimme lag ein merkwürdiges Zittern. Als es schließlich an unserer Tür klingelte und mein verwirrt wirkender, ahnungsvoller Vater einem Polizistenpärchen öffnete, da nahmen beide ihre Mützen ab. Ich sah den Polizisten tief einatmen, nur um anschließend meinem Vater eine Mitteilung zu machen. Es war zu undeutlich und leise für mich zu verstehen. Im folgenden Moment brach mein Vater taumelnd zusammen und wurde von dem männlichen Polizisten aufgefangen, bevor er unsanft auf die Knie gefallen wäre. Die Erinnerung an das Ereignis erscheint mir sehr deutlich vor dem geistigen Auge. Ich schaute damals durch die Holzverstrebungen der Treppe hindurch auf das für mich so seltsame, ja gänzlich unbegreifliche Geschehen. Die Frau in Uniform blickte nun nach oben und rief mich dann mit weicher Stimme zu sich, während sie mir umgehend auf der Treppe entgegenkam. Sie nahm mich in den Arm, war dabei sehr zart und roch nach der auffrischenden Kühle des endenden Herbstes. Ich erinnere mich an ihren Blick. Sie schielte leicht, die Augen waren braun und in ihrer linken Iris fand ich einen beinahe gelblichen Punkt. Ihre Worte waren gedämpft und ruhig. Was sie mir erklärte, verstand ich lediglich rein akustisch, sonst war es mir unmöglich, das Gesagte zu begreifen. Die Mutter käme nicht wieder, flüsterte sie. Mein Vater brach in meinem Beisein vollends in Tränen der Gewahrwerdung seines schlimmsten Albtraums aus. Ich bin mir sicher, dass er etwas geahnt hatte, von dem ich nichts wusste.

Meine Mutter hatte das Familienfahrzeug, einen feuerroten Volkswagen mit verchromten Außenspiegeln, an der Belte, dem einzigen, größeren Fluss in unserer Stadt Unsberg, abgestellt und ist anschließend von der Großtalbrücke gesprungen, hinein in den Strom, um der Elendigkeit des dahinfleuchenden Feiglingsgeblüts namens Menschheit, zu dem auch mein Vater gehörte, den Spiegel vorzuhalten. Meine unbedingte Überzeugung versichert mich heute, dass ihre felsenfeste Verachtung der sie umgebenden menschlichen Schwäche galt. Die Schwachen aber verdrehen diese Wahrheit. Ich habe erst kürzlich einen Bericht gelesen, in dem ein Psychologe, ein gewisser Professor Dr. A. Mingst, sich schon in der Einleitung seines überflüssigen Buches darüber äußert und zu der populären und damit leider völlig falschen, da unwissenschaftlichen Formulierung gelangt, dass, so wörtlich, die »Flucht vor dem Selbst in Form der Selbsttötung ein Ausdruck der Feigheit vor der Bewältigung der Schwierigkeiten des Lebens« sei. Das ist natürlich ausgegorener Unsinn, der ja praktisch nur dazu dienen soll, irgendwelchen lebensmüden Zeitgenossen ihre Idee vom Tod zu vereiteln. Es geht wohl darum, jenen sich der Unsäglichkeit ihres primitiven, da nicht selbst-bestimmten Daseins Bewussten die vermeintliche Einfachheit des Fliehens in den Freitod auszureden. Es scheint beinahe so, als ob diese Worte die letzten Fünkchen Selbstbewusstsein bei einem Suizidkandidaten aufflammen lassen sollen, indem man an dessen Eitelkeit appelliert. Dass einer, der sich dem Tode näher fühlt als seinem Leben, von seinen diesbezüglichen Absichten ablassen könnte, halte ich insgesamt für ein aussichtsloses Unterfangen. Wer sich umbringen will, wird dies auch tun. Rückkehrend zum eigentlichen Thema ist es wichtig zu klären, dass der Fall des absichtlichen Dahinscheidens für meine Mutter ja überhaupt erst gar nicht infrage gekommen sein konnte. Für mich steht zweifelsfrei fest, dass sie, die man fünf Kilometer flussabwärts verfangen in einer in das Wasser umgestürzten alten Trauerweide auffand, erst einige Kilometer flussaufwärts geschwommen sein muss, um damit das Sinnbild über die gleichförmige feige Masse darzustellen, gegen die sie sich auflehnte. Genau jenen Menschen, die diese Masse formten, war sie so überdrüssig geworden und sie versuchte in einem Akt künstlerischer Selbstverwirklichung, ein Zeichen dagegenzusetzen. Mitnichten war sie lebensmüde oder dergleichen. Sie war ohne Frage einer der klarsten und verlässlichsten Menschen. Ich gehe davon aus, dass die herbstliche Strömung der Belte, übermäßig angeschwollen durch besonders starke Regenfälle, sie übermannte. Meine Mutter kam somit durch einen tragischen Unfall ums Leben kam. Wahrscheinlich schützte sie den Einkaufswunsch vor, damit sie von uns nicht an der Ausführung ihrer Idee gehindert werden konnte.

Diese Tat bleibt eine bemerkenswerte Leistung meiner Mutter, die mir bereits als Kleinkind mitgab, dass man zu seiner Meinung stehen, dass man sie bis zum Äußersten vertreten müsse, koste es, was es wolle. Ihr verdanke ich meine heutige Überzeugung in die

Richtigkeit meiner Überlegungen – in jeglicher Beziehung. Wenn ich meinen Vater auch schon vor diesem Ereignis als eher abwartenden, selbstzufriedenen, Verantwortung weitestgehend von sich weisenden Mann beschreiben würde, so verfestigten sich diese Merkmale seines Wesens um so mehr, als meine Mutter ihrem künstlerischen Verlangen Gestalt verlieh. Seine Meinung, so er denn überhaupt eine besaß, hielt er ehedem zurück und nie konnte man auf eine stabile Entscheidungsfindung aus seinem Munde hoffen. Die Position der Stärke lag zu jedem Zeitpunkt bei meiner Mutter. Im Sinne eines Werkes der Aktionskunst hat sie einen außerordentlichen Beitrag geschaffen, was in der übrigen, stumpfsinnigen Masse der Bevölkerung immer und immer wieder als *Mingstsche Feigheit* fehlinterpretiert wird. Da ich nicht vorhabe, der ärmlichen Masse alles vorzukauen und ihnen die notwendige Änderung ihrer Betrachtungsweise näher zu bringen, genügt mir die Gewissheit, dass *ich* die wahren, unumstößlichen Beweggründe meiner Mutter erkannt habe. Ihr Werk ist eine Manifestation der Stärke, die über die Schwächen des Selbst weit hinausragt, sie hinter sich lässt und den Blick frei gibt auf den wahrhaftigen, einzigen Zusammenhang: Die Welt ist nicht das Individuum, auch nicht die Masse – die Welt ist die Tat. Es ist die Handlung, die bleibend ist, es ist das Agieren, das uns erhält und voranbringt – im Ganzen und im Einzelnen.

Zurück zu meiner anfänglichen Aussage, kann ich durchaus behaupten, dass ich aus beiden Elternteilen meinen Nutzen in Form von wichtigen Erfahrungen gezogen habe. Einerseits aus der Vehemenz und Deutlichkeit, mit der meine Mutter ihre unumstößliche Vorstellungswelt zum Ausdruck gebracht hatte und damit die Erkenntnis über die Bedeutsamkeit eigener Überzeugungen auf mich übergehen ließ. Zwar fühlte ich mich anfangs durchaus angefallen und zurückgelassen durch ihre Tat und konnte mir zunächst mein kindliches Leben ohne ihre weisende Führung kaum vorstellen. Nach einiger Zeit jedoch erkannte ich den Sinn und die Tragweite ihrer Aktion. Auf der anderen Seite erfuhr die frühe Reifung meiner Persönlichkeit ohnehin den größtmöglichen Antrieb durch die selbstachtungslose Unbeschwertheit, mit der mein Erzeuger seiner Frau hinterher trottete wie ein erlahmter Dackel. Mein Vater bewies, welche Armseligkeit es beinhaltet, sich überhaupt nicht durchzusetzen; wenn man in Selbstzufriedenheit und Harmoniesucht dahinvegetiert. Für den Rest meines Lebens sei diesem unsäglichen Lebenswandel meine Geringschätzung gewiss. Einige Wochen, bevor sie ihren künstlerischen Weg ging, richtete meine Mutter an mich die Worte, die mich bis heute begleiten:»Wenn dein Wille stark genug ist, wirst du alles durchsetzen, was du dir vornimmst. Doch dein Wille wird nur so stark sein, wie dein Glauben an deine Meinung ist.« Diese Worte sind mir tatsächlich bis heute von ungleich höherem Nutzen, als alle je in mein Ohr gedrungenen Phrasendreschereien zusammengenommen, seien sie auch noch so gut gemeint gewesen.

III

Die Tante wurde von meinem Vater »Rosi« genannt. Es gab eine Zeit, einige Monate nach Mutters Unfall, da versuchte mein Vater für mich einen passenden Mutterersatz zu finden, ausgerechnet in ihr. Ich war gerade in die zweite Klasse versetzt worden nach Sommerferien, die ich mit meinem Vater in schwarzer Trauerkluft an der Nordsee und des Weiteren in der schulischen Ferienbetreuung verbrachte. Ich erlernte zu dieser Zeit das Schachspiel und erhielt den ersehnten Taschenrechner von meinem Erzeuger. Er selbst interessierte sich für nichts anderes als seine zwei Hobbys, auch dem Kontakt zu Frauen entsagte er nach Mutters Tod vollkommen. Scheinbar fühlte er sich in irgendeiner Form verpflichtet, sich in eine selbst auferlegte Enthaltsamkeit zu begeben. Auch verstieg er sich in eine gewisse religiös anmutende Verehrung der dahingeschiedenen Ehefrau, indem er auf der Anrichte im Wohnzimmer eine Art Schrein mit einem Foto aus früheren Tagen – sie lächelte darauf – und beigestellten Kerzen einrichtete. Diese entzündete er an entscheidenden

Tagen im Leben meiner Mutter, also zu ihrem Geburtstag, Todestag und dem Tag, an dem beide heirateten. Er verfiel immer mehr ins Träumen und entsagte allem, was mit größerem Kontakt zu anderen Menschen, insbesondere des anderen Geschlechts, zu tun hatte. Für seine damals etwa fünfunddreißig Jahre eine im Allgemeinen eher unverständliche Haltung, aber durchaus auf sein Naturell zutreffend. Was mich anging, so schien er wohl das Beste für mich zu wollen, doch konnte insbesondere die Tante aus meiner Sicht nur das Gegenteil bewirken. Ich versuchte, es ihm auszureden, doch er erhob eine einfach zu durchschauende Gegenrede, die er mit seinem Zeitmangel und der aus seiner Sicht notwendigen Fürsorglichkeit einer Frau begründete. Ich musste zunächst akzeptieren, was der sonst so entscheidungsschwache Mann anordnete, um sich ganz offensichtlich mehr Freizeit zu verschaffen. Höchst unsinnig war diese Befürchtung, ich würde ihn während seiner Freizeitaktivitäten behindern. Ich war zu jener Zeit bereits selbstständig genug, um ihm so oft es ging, aus dem Weg zu gehen. Selbstverständlich graute mir vor der Tante, die ich zuvor aus gutem Grund nur wenige Male gesehen hatte. Erwartungsgemäß erklärte diese Person sich sofort zu der Aufgabe bereit und ich fühlte mich restlos vom Vater verraten und verkauft. Nun erschien die fettleibige Frau immer montags, mittwochs und freitags und versuchte mit mir etwas zu unternehmen. Sie tauchte mit ihren überaus unansehnlichen roten, grünen und gelben Hüten auf, die auch durch ihre billige Extravaganz über die nach allen Seiten hin ausufernde Körperfülle nicht hinwegtäuschen konnte. Daneben kennzeichnete sie zum einen ihre durch offensichtlich zahllose Sonnenstudiobesuche angegriffene lederne Haut und zum anderen ihr extensiver, beinahe krankhafter Zwang zur Ohrschmückerei. In den etwa zwei Jahren, in denen ich mit der Bevormundung durch diese Person zu kämpfen hatte, trug sie möglicherweise keine zwei Mal das gleiche Paar Ohrringe und ich stellte mir vor, dass sie in ihrer kunterbunten Regenbogenvilla, völlig befreit von auch nur einem kleinen Hauch von Geschmack, wohl ganze Kisten dieser

Behänge lagern müsste. Ich verachtete diese Person. Aber nicht hauptsächlich für ihre hinreichend entsetzliche Erscheinung. Das eigentlich Abstoßende an ihr war die Art und Weise, mit der sie mich dazu nötigen wollte, ihre Ansichten über die Wichtigkeit von bestimmter Literatur, von bestimmten Verhaltensweisen gegenüber anderen zu teilen. Sie schwärmte von Karl May – ich langweilte mich zu Tode. Sie zerrte mich in ein Museum mit naturalistischer Malerei – ich konnte vor Gähnen kaum atmen in Anbetracht dieses Kitsches. Einmal verlangte sie von mir, man stelle sich diese Unverschämtheit vor, Handarbeiten mit Stricknadeln zu erlernen. Ich saß ihr gegenüber an dem viel zu großen abgenutzten Tisch aus Buchenholz und an der widerwärtig mint-gestrichenen Wand hing ein schwarz-gerahmtes billiges Bildnis einer Blumenvase, das sie angeblich selbst gemalt haben wollte. »Öl auf Leinwand«, wie sie einmal Respekt verlangend über ihr »Werk« bekundete. Stricken? Ich verschränkte die Arme, wobei ich sie anschwieg und an ihr vorbei blickte. Es war ihr eine unangenehme Eigenschaft eigen in den Momenten, in denen man ihr seine Abneigung gegenüber irgendeiner Sache mitteilte, für die sie zuvor Begriffe wie »süß«, »niedlich«, »neckisch« oder »spaßig« verwendete. Dieses kaum zu ertragende Verhalten bestand darin, einen Blick aufzusetzen, der zu gleichen Teilen beleidigt und bemitleidenswert wirken sollte, um das Gegenüber auf emotionale Art unter Druck zu setzen. Zum Glück lernte ich schnell, dass dieser Mechanismus von ihr nur dazu benutzt wurde, ihre eigenen Vorstellungen durchzusetzen. Sehr bald schon musste sie mit dieser Masche bei mir auf härtesten Granit stoßen. Das größte Hindernis, ein Verständnis für sie aufzubringen, lag aber in ihrer Uneinsichtigkeit für die Bedeutsamkeit der Mathematik, die sie als »kalt« und »letztlich nutzlos« beschrieb. Das war keine Einstellung, die ich tolerieren konnte und in ihr lag der maßgebliche Grund, diese penetrante Person auch an der gering scheinenden Hürde meines kindlichen Daseins scheitern zu lassen. Es war sozusagen mein Projekt »Selbstbestimmung«. Leider zog sich die Erarbeitung und

Ausführung eines solchen Planes über zwei lange Jahre hin, in denen ich große zeitliche Einbußen in der Beschäftigung mit der Mathematik hinzunehmen hatte. Ein weiterer Grund also, auch heute nichts Gutes auf diese Person kommenzulassen. Letztlich verhalf eine Episode aus dem Hause Metzenfelder zu der entscheidenden Lösungsidee. Am Ende dieser Periode der Gewahrsam gleichenden Obhut meiner Tante sollte auch mein Vater keinerlei Interesse mehr an einem weiteren Kontakt zu dieser Person besitzen. Meine Mutter wäre fraglos mit dieser Entwicklung sehr zufrieden gewesen.

Um die Umstände des Befreiungsschlages aufzuzeigen, muss ich etwas weiter ausholen. Meine Mutter erklärte einst im Gespräch mit meinem Vater, dem ich hinter der Türe lauschend beiwohnte, dass sie ihre Schwester nie wieder in diesem unserem Haus würde dulden wollen. Wie sie zu dieser völlig richtigen Schlussfolgerung gekommen war, weiß ich nicht genau. Aber eine offensichtliche Schwäche ihrer Schwester schienen häufig wechselnde Männerbekanntschaften zu sein. Ein Verhalten, dem sie sich offenkundig hingab, ohne sich der gesellschaftlichen Anrüchigkeit ihres Verhaltens auch nur ansatzweise schamhaft zu erweisen. Es waren meist ziemlich widerliche Gestalten, die sie mit geheimnisvoller Raffinesse zu sich zu holen vermochte, denn eine Schönheit war sie, wie ich schon beschrieb, auf keinen Fall. Irgendwann verspürte meine Mutter wohl den Drang, ebenso wie später ich, sich der Geschmacklosigkeiten ihrer Schwester zu verweigern, ja mehr noch, sich von diesen zu distanzieren. Oh ja: Distanz. Wie ich sie doch genoss! Dienstags und donnerstags durfte ich nach der Schule zu Vaters Freund Artur von Metzenfelder gehen. Dessen Sohn Karl, ein ewiges Kind und mir bekannt seit der Einschulung, lieferte mir zur Erforschung der infantilen Psyche eines Gleichaltrigen wertvolle Lehren über die Genese der Schwachen und der Starken in der Welt. Karl war ein Paradebeispiel für eine frühkindliche Fehlentwicklung, die in einem hinreichenden Schwächling münden würde. Er ließ alles mit sich machen, war leicht zu überzeugen, selbst von den gröbsten Unsinnigkeiten, hatte kein Verständnis für begründetes Handeln und verschwendete seine Zeit mit nutzlosen Spielereien, wie im Übrigen alle mir bekannten Gleichaltrigen damals. Karls Vater, dieser Artur von Metzenfelder jedoch, war ein interessanter Mann. Ich lernte ihn im Alter von fast acht Jahren kennen und das Erste, was mir auf dessen Anwesen auffiel, war die Vorliebe für Kunst. Abstrakte Kunst. Farbquadrate. Geometrische Projektionen. Die alles in allem nicht vorhandene Figürlichkeit von Objekten und Malerei ließ Raum für die Theorie, Spielraum für Interpretationen. Ich traf bei Metzenfelder auf mein späteres Hauptinteresse innerhalb der Kunst: eine großformatige, ansprechende Reihung von sieben Fraktaldrucken, die in dem langen Gang der Villa Metzenfelder hingen, der zentral gelegen in die einzelnen Räume geleitete. In diesen Fraktalen stecken Strukturen der Unendlichkeit, die visualisiert werden auf der Basis von mathematischen Formeln. Ein pures Faszinosum entwickelte sich für mich in diesen Bildern. Ich konnte mich kaum sattsehen an den in jedem Maßstab wiederkehrenden Strukturen, die sich aus dem unendlich Weiten in das unendlich Kleine fortsetzten. Eine Mutter gab es für Karl, genau wie für mich, nicht mehr. Doch war sie bereits bei dessen zu früher Geburt gestorben. Vermutlich ein viel zu hoher Preis. Während ich also mit jenem Karl langweilige Fang- und Versteckspiele betrieb, sog ich insgeheim die Atmosphäre dieser Villa und der darin versammelten Kunst in mich auf. Trotz aller Fehler in seiner Entwicklung kann Karl somit als mein Wegbereiter in der Beschäftigung mit Fraktalen und anderer wahrhaft zeitgenössischer Kunst gelten, wie ich heute zweifelsfrei festhalten muss. Ohne Karl wäre ich schließlich nicht in diesem Maße auf Artur von Metzenfelder getroffen. Im Gegensatz zu seinem Vater machte er jedoch eine ausgesprochen schwächliche, ja peinliche Figur. Daran hat sich im Grunde bis heute nichts geändert.

Von Karl erfuhr ich überdies auch Geschichten, die er von Gesprächen seines Vaters mit Bediensteten erlauscht hatte. Einmal hatte einer dieser Bediensteten

Artur von Metzenfelder darüber informiert, dass in Unsberg an den Stammtischen darüber fabuliert würde, dass einem anderen Bediensteten auf dem Anwesen, einem gewissen Henning, der in seiner Tätigkeit als Haus- und Hofgärtner in einer barackenähnlichen Siedlung unweit der Villa lebte, diverse »Unzüchtigkeiten« nachgesagt wurden. »Unzüchtigkeiten« war das Wort, was Karl aussprach, ohne genau zu wissen, was sich dahinter verbarg. Offenbar sagte man diesem Henning nach, er hätte ein Kind aus der Stadt in den Wald gelockt, um von diesem im Tausch gegen Süßigkeiten und dergleichen die besagten Unzüchtigkeiten zu erzwingen. In den Unsberger Spelunken sprach man wohl offen darüber, diesen Unzüchtigen seiner Notzucht wegen zu züchtigen. Um diesem Treiben auf seinem Anwesen zuvorzukommen, riet ihm der Bedienstete, diesen Henning zu entlassen. Selbstverständlich würde *er* dazu befähigt sein, Hennings Aufgaben zu übernehmen. Metzenfelder dürfte den Opportunismus dieses Mannes erkannt haben, der seine Chance auf eine Verbesserung seiner Anstellung ausgemacht zu haben glaubte. Doch der Kunstsammler und Laienschauspieler Artur von Metzenfelder setzte sich besonders für die Angestellten auf seinem gewaltigen Grundstück ein und wollte einem Rauswurf seines bis dahin verlässlichen Gärtners nicht zustimmen. Er ließ den vermeintlich Selbstlosen abtreten. Allerdings thronte hier wohl die Realität über den Positivismus, denn es dauerte nicht lange, da war Henning tatsächlich von Metzenfelders Anwesen entfernt worden. Wohin und was mit ihm weiter passiert war, entzog sich meiner Kenntnis. Diese Geschichte brachte mich allerdings auf die Idee, wie ich meine verhasste Tante loswerden würde. Ich stellte fest, dass über gewisse Dinge in der Öffentlichkeit nicht gesprochen wird und dennoch wird danach gehandelt, selbst wenn die Grundlage nur aus Gerüchten besteht. Gute Gerüchte fließen zwischen den Worten von Mensch zu Mensch, setzen sich wie Parasiten dort fest und vergiften den jeweiligen Geist mit halbfalschen und halbrichtigen Zusammenhängen. Einmal im Denkprozess mehrerer

Menschen platziert, können sie auch durch konkrete Fakten kaum mehr beseitigt werden. Was dann noch hilft, ist zu schweigen und Gras über die Sache wachsen lassen, bis ein neuerliches Gerücht hoffentlich die Aufmerksamkeit auf etwas anderes lenkt. Ich entwarf schließlich den relativ einfachen Gedanken, die pure Androhung eines solchen Gerüchtes könnte schon seine gewünschte Wirkung zeigen. Besonders bei einem feigen und harmoniesüchtigen Beamten wie meinem Vater würde eine Handlung unterbleiben, die all zu viel Öffentlichkeit nach sich zöge. Untätig könnte er den Umstand, den ich ihm präsentieren würde, jedoch auch nicht verstreichen lassen. Nun ging es darum, diese Idee in einen funktionierenden Plan zu verwandeln, bei dessen Ausführung mir Artur von Metzenfelder als der gute Freund meines Vaters unwissentlich äußerst gute Dienste leistete.

Eines schönen Dienstags im Mai klopfte ich bei von Metzenfelder an die große, massive Eichentür, hinter der sein Büro mit den vielen Bücherregalen und einem überhohen Fenster lag, dessen obere Scheiben durch herrliche Buntglaskaskaden ein besonders weiches Licht in den rustikalen Raum fallen ließ. Nachdem das mir wohl bekannte »Herein!« erklang, öffnete ich die schwere, große Tür, deren massiver, mit Ornamenten verzierter eiserner Türgriff mir damals in Kinnhöhe stand. Ich musste beide Hände benutzen, um ihn herunterzudrücken. Ich trat ein in diesen Raum, vielmehr ein in sakrales Licht getauchter Saal, dessen Deckenhöhe mir in meiner kindlichen Erinnerung immer noch so unglaublich hoch erscheint. Von Metzenfelder stand aus seinem lederbezogenen Sessel auf und warf ein Blatt Papier, über dem er eben noch am Tisch gebrütet zu haben schien, mit einer lässigen Bewegung zurück auf das Eichenholz. »Was hast du denn, mein Junge?«, kam er lächelnd auf mich zu. Es war offensichtlich: In diesem Mann sah ich eine Art Mentor, eine beachtliche Figur, die einem Vater sehr ähnlich sein konnte. Ich ging zu ihm hin und begrüßte ihn höflich – eine Eigenschaft, die ich mir schon in sehr jungen Jahren zu eigen gemacht habe. Der Klang der Worte konnte so manche verschlossene Türe öffnen. Das hatte mich bereits sehr früh beeindruckt und ich nutzte dieses wirksame Prinzip von Beginn an.

Ich erinnere mich an ein paar einführende Gedanken über meinen gewiss für ihn nicht sonderlich interessanten Schulalltag, die er sich lächelnd anhörte. Ich hatte mir an diesem beinahe sommerlich-warmen Tag ein Hemd aus meinem Schrank geholt, das in den vorzüglichsten roten Karomustern schimmerte und ich wählte es mit Bedacht, wie ich mich erinnere, denn an diesem Tag sollte es ein kurzes Hemd sein. »Herr von Metzenfelder, ich weiß nicht, mit wem ich sprechen soll, doch meinem Vater traue ich mich nicht, es zu sagen.« Sofort tat ich, als bisse ich mir auf die Lippen, als hätte ich etwas gesagt, was eigentlich niemand hören durfte. Ich verschränkte verkrampft wirkend meine Arme und bemühte mich auch sonst den Anschein zu erwecken, ich würde etwas an mir verstecken. Gewünschterweise zog jedoch genau dies von Metzenfelders Aufmerksamkeit auf sich, wie ich mit Genugtuung feststellen durfte.

Ein Tag zuvor. Ein schmerzhafter Nachmittag war es gewesen. Ich ging nach dem Aufstehen in die Schule, als ob nichts sei. Ich saß in meinem Mathematikunterricht und erledigte meine Aufgaben, ebenfalls: als ob nichts sei. Danach bin ich zu meiner Tante getrottet und ich setzte mich ihren dümmlichen Faseleien und Spielereien aus und ich tat wieder – als ob nichts sei. Und danach ging ich in das kleine Birkenwäldchen am Unsberger See, versicherte mich davon wirklich allein zu sein, zog dann meinen Gürtel aus und fing an mir mit wachsendem Unbehagen auf den entblößten Knabenrücken zu schlagen. Nach einer Reihe von Schlägen, die ich mir mit immer verbissenerem Gesicht zugesetzt hatte, musste ich eine Pause einlegen, denn es war außerordentlich unangenehm, doch ich war mir der unabdingbaren Notwendigkeit bewusst und nach einigen tiefen, kraftschöpfenden Atemzügen verpasste ich mir weitere Schläge. Einer um den anderen tat mehr weh. Schließlich, nach dem dritten oder vierten Durchgang dieser ausgesprochen schmerzhaften Selbstgeißelung, setzte ich nach einer weiteren Pause die Tortur an den Armen fort. Den Gürtel band ich mir zunächst um den linken Oberarm, zurrte ihn mit den Zähnen fest und begann ihn mit dem anderen Arm so lange straff zu ziehen, bis ich es vor Schmerz kaum noch aushielt. Dasselbe Prozedere vollzog ich daraufhin mit dem anderen Arm. Nach mehreren Durchgängen dieser Art war ich trotz der unheimlichen Schmerzen, die mich noch mehrere Tage begleiten sollten, beeindruckt von dem Ergebnis. Ich prüfte, ob die Oberarme die erforderliche Bläue besäßen. Sie taten es!

»Was ist denn mit dir, Paul? Was ist mit deinen Armen?«, fragte Metzenfelder. Die Hände behielt ich auf meinen Oberarmen verschränkt, dabei schob ich leicht den kurzen Hemdsärmel meiner linken Seite nach oben. Mein Mentor ahnte wohl das sich angebahnte Unheil bereits, als er die bläulichen Flecken durch meine damals noch dünnen Fingerchen schimmern sah. Ich wich einen kleinen Schritt zurück. »Ich will es eigentlich nicht zeigen, ich bin −«, nach einer kleinen Künstlerpause fügte ich hinzu: »Hingefallen! Ja. Hingefallen, als ich heute die Treppe herunter bin.« Nach einigem Hin und Her inspizierte Metzenfelder meine beiden Arme genauer. Ich hatte ihn nun soweit, dass er mir die Frage stellte, die ich nur hören wollte: »Paul, von wem hast du das? Bist du in der Schule verprügelt worden?« Auf den Gedanken, mir sei dies in der Schule angetan worden, wollte ich ihn um keinen Preis gelenkt haben, so sagte ich ihm auf direkteste Art, wer es war: »Bitte, bitte, sagen sie nichts der Tante. Bitte.« Ich wurde sehr kleinlaut bei diesen Worten. Metzenfelder war gewissermaßen entrückt vor Empörung. Es schien ihm wohl, als habe man *ihm* die Schmerzen zugefügt, als würde *er* derjenige sein, der diesen schlagenden Missbrauch, den ich ihm vorgaukelte, hatte ertragen müssen. Was auch immer er in seiner eigenen Kindheit hatte ertragen müssen und es war einiges, wie ich später erfuhr − es entfachte sich der Gerechtigkeitssinn in diesem Mann in einer Weise, die exemplarisch für echtes Mitgefühl und un-erhörte Entrüstung war. Auch dafür bewunderte ich ihn.

Der weitere Hergang dieser Episode war ein prächtiger Selbstläufer, ein wahrhaftes *Kinderspiel*, wie ich heute sagen kann, und ich bin sehr stolz auf diesen Erfolg, mit dem ich mich dieser unmöglichen Person auf einen Schlag entledigen konnte. Metzenfelder brachte mich mit seinem großen alten amerikanischen Auto, einem echten, kraftvoll auf acht Zylindern klopfenden Chevrolet, noch am selben Abend nachhause, wo ich, natürlich in bester widerstrebender Art und Weise, auch noch meinen mit tiefen violetten Striemen versehenen Knabenrücken vorwies. Dies führte erneut zu einem bemerkenswerten Aufschrei der Empörung, hauptsächlich wiederum bei Metzenfelder, der sich für mich bis aufs Äußerste einzusetzen gedachte. Erwartungsgemäß wurde er dabei jedoch vom Vater zurückgehalten. Ich bekam eine Woche schulfrei verordnet, was ich für übertrieben hielt. Danach musste ich auf sein Verlangen hin, lange Hemden tragen und wurde noch für einige Wochen vom Sport befreit. Er selbst war offenbar gewillt, diese Sache mit der Schwester meiner Mutter im Sande verlaufen zu lassen. Das war seine Art und ich lag dank meiner bereits damals schon trefflichen analytischen Fähigkeiten vollkommen richtig mit der Erwartung seiner Zurückhaltung in diesem für ihn peinlichen Falle. Hatte er mich nicht versucht, durch die Tante betreuen zu lassen? Dem Willen des Erziehungsberechtigten, der er nun einmal war, musste sich schließlich auch Artur von Metzenfelder beugen, was der offenbar nur widerwillig tat, denn immer wieder in den folgenden Tagen sprachen die beiden miteinander. Ob mein Vater sich mit der elenden Tante auseinandergesetzt hat, weiß ich nicht. Ich glaube es eher nicht, bei seinem zurückhaltenden, feigen Naturell würde mich etwas anderes auch nur gewundert haben. Selbst wenn, was hätte diese Person gegen die unmöglich von der Hand zu weisenden Fakten wohl als Gegenrede bringen wollen – etwa ihre treuherzigen Karl-May-Romane, die sie als liebevolle, umsorgende Tagesmutter auszeichnen müssten? Lächerlich! Da überwogen vollends die treulosen, verdorbenen Männerbekanntschaften, mit denen sie wenig Ruhm in unserer verbliebenen Familie und der Nachbarschaft zu ernten vermochte. In der Leidensmiene, die ich noch ein paar Tage vorgaukelte, war meine Freude über den Erfolg mit Sicherheit nicht zu erkennen. Doch er war großartig, dieser Erfolg. Einfach perfekt!

IV

In den folgenden Jahren war es mir ein Vergnügen, häufig im Hause Metzenfelder zu verkehren. Ich fühlte mich dort dank der Gegenwart von Artur von Metzenfelder so etwas wie *zuhause*. Es gibt eine Erinnerung von mir an diese Zeit, um 1988 herum, als es einige Einbrüche in der Gegend gab und Kunst dabei eine begehrte Ware darstellte. Ich besuchte, wie üblich, das Anwesen an einem Donnerstagnachmittag und unterhielt mich mit Metzenfelder:»Ich hab am Kiosk neben der Schule in der Unsberger Allgemeinen von einem *dreisten Kunstraub* gelesen. Können Sie mir sagen, was da passiert ist? Was bedeuten denn diese Worte?«»Nun Paul, *dreist* ist ein Wort, dass man verwendet, wenn man sagen möchte, dass jemand etwas besonders Freches unternommen hat. Ja und *Kunstraub* besagt, dass ein Dieb Kunstgegenstände gestohlen hat. Manche Werke der Kunst sind sehr viel Geld wert. Diese Gegenstände können zum Beispiel Bilder sein«, und ich folgte mit meinem Blick seinem Fingerzeig zur Wand hinter seinem Schreibtisch, wo ein großartiges, geometrisch-perfekt inszeniertes Bild hing, »oder auch Skulpturen. Das können ganz unterschiedliche Dinge aus unterschiedlichen Materialien sein. Sie können Menschen, Tiere oder auch irgendwelche Gegenstände darstellen, oder auch Gefühle und noch andere Sachen, die uns täglich betreffen. So etwas wie vor dem Haupteingang, wo −«, ich unterbrach ihn:»Ja, ich weiß, was sie meinen: wie der Reiter im Anzug mit der Aktentasche auf dem Pferd, das als Kopf einen Würfel hat.« Ich versuchte so zu wirken, als hätte ich eine tiefe, neue Erkenntnis gewonnen und funkelte ihn mit meinen Augen groß und glücklich an.»Du bist ein wirklich schlauer Junge. Das hast du gut beobachtet.« Metzenfelder erzählte dann, dass bei diesem

Raub, von dem die Zeitung schrieb, im Atelier der Künstlerin und Kunstsammlerin Valeria Minkowsky, einer Bekannten von ihm, zwei Tage zuvor einzelne solcher Kunstgegenstände gestohlen wurden. Er selbst habe gehört, dass es eine auf diese Einbrüche spezialisierte Bande ist, die ihr Unwesen seit einiger Zeit hier in der Nähe treiben würde. Er habe deshalb die Vorkehrungen im Haus erhöhen lassen, vermeldete er mir zwar Sicherheit vermittelnd, jedoch nicht ohne zugleich ein wenig Unwohlsein an den Tag zu legen. In seiner Stimme schwang Verunsicherung mit, die eine neue Alarmanlage zwar dämpfen, aber in solch einem Fall keinesfalls beseitigen kann. Er versammelte hier doch eine beachtliche Menge von Gemälden, Skulpturen und Grafiken. Nach eigener Aussage waren darunter auch ausgesprochen wertvolle Objekte. Ich erinnere mich an sein trotziges Augenzwinkern, über dem die buschigen, dunklen Augenbrauen lagen, darüber seine von Sorgenfalten überzogene Stirn. Sein gepflegter, dunkler Vollbart, in den einzelne graue Härchen gepflanzt schienen, die ihn ebenso wie die leicht ergrauten Schläfen eine Art Weisheit ausstrahlen ließen, bewegte sich in Gänze zu dem Klang seiner wohl intonierten Stimme. Seinem Organ zuzuhören war allein schon von seinem tiefen, bisweilen gar brummeligen, jedoch klar verständlichen Wesen her ein wahres Vergnügen. Eine weiche Stimme, an die man sich gewöhnte und an deren gesprochenes Wort man sich gewöhnen konnte. Dieser Artur von Metzenfelder brauchte eigentlich nicht zu arbeiten, denn ihm war über das Familienerbe eine goldene Wiege bereitet worden. Dennoch machte er es sich zeitlebens zum Ziel, auf der Unsberger Theaterbühne als Schauspieler tätig zu sein. Ich habe ihn selbst niemals spielen sehen, aber mein Vater erwähnte die außerordentliche schauspielerische Qualität seines Freundes. Obwohl er dies vermutlich kaum oder nur schlecht zu beurteilen vermochte, glaubte ich ihm in diesem speziellen Fall wohl, da ich mir Artur von Metzenfelder auf einer Bühne doch ausschließlich als exzellente Erscheinung vorstellen konnte. Ich brachte ihn dazu, mir einige der Kunstgegenstände, die gestohlen worden waren, in einem Katalog zu zeigen. Von diesem Mann erklärt schien sogar die naturalistische Malerei einen gewissen Reiz zu besitzen, doch muss ich dabei eingestehen, dass es weniger diese Kunst war, die reizvoll wirkte, als die Art der Präsentation und der Qualität seiner Erläuterungen. Wir saßen sehr lange an jenem Nachmittag zusammen. Was ich von dem gebildeten, fürsorglichen und talentierten Mann lernte, war mir ein großartiges Erlebnis, was ich noch heute zu schätzen weiß. Ich gehe davon aus, dass er mit mir mehr Zeit verbrachte, als mit seinem Sohn Karl, in dem er logischerweise nur eine Fehlentwicklung sehen konnte. Vielleicht gab er sich irgendwie die Schuld dafür und versuchte es mit mir, der ich umso dankbarer bin, in diese Rolle geraten zu sein. Vielleicht hat er Karl zu sehr in die Naturwissenschaften und die Kunst führen wollen, als dieser kleine Naivling bar jeglicher analytischer Denkweise verkraften konnte. Möglicherweise führte das zu Karls Hingebung zu so genannter moderner Musik und Sprachen. Ein schwächlicher Mensch eben und das musste natürlich auch seinem Vater schmerzlich bewusstgeworden sein. Vermutlich war es so, aber nachweisen kann ich das nicht, denn mit ihm direkt über seinen Sohn zu sprechen, vermied ich, um ihn nicht zu belasten. Was hätte das genützt, wenn ich ihn mit den massiven Unzulänglichkeiten seines Sohnes konfrontiert hätte. Ich bleibe dem Mann jedenfalls dankbar für alles, was er jemals für mich getan hat. Darüber hinaus kann ich für ihn bezüglich seines Nachwuchses nur Bedauern aufbringen.

V

Mein beruflicher Weg war der eines Einzelgängers oder Außenseiters, was mir nicht ungelegen kam, denn die eigentlichen Sonderlinge konnte ich unter den Menschen ausmachen, die mir immer und immer wieder etwas einreden wollten. Mein Vater hatte es glücklicherweise sehr bald nach dem Tod meiner Mutter aufgegeben, mich erziehen zu wollen. Er stellte vielmehr jenes Streben ein, das er unter »Erziehung« verstand. Es war klar, dass mich seine Modelleisenbahn auf Dauer nicht locken würde und für seinen Weinkeller war ich einfach niemals reif genug, zumindest seiner Ansicht nach. Meine ausgeprägte Selbstständigkeit und Zielorientierung benötigte seine Einwände, Regelungen oder Maßgaben auch keinesfalls. Wir gerieten selten aneinander, da ich ihn behandelte, wie er es mochte. Im Gegenzug mutete es an, als würde er mich in meinen Tätigkeiten nicht beeinflussen oder behindern. Er verdiente am Landgericht Unsberg das Geld für unser gemeinsames Auskommen. Ich hielt mich fest an der einzigen Sache, die in dieser Welt wirklich etwas bedeutet. Zweifelsohne ist dies die Wissenschaft der Mathematik, die den Grundstock meines vernunftbegabten Wesens bilden sollte. Ich denke, ich kann mit Gewissheit behaupten, dass mein Weg in die Mathematik ein vorgezeichneter war. Bei meiner ausgezeichneten Begabung für Zahlen, die Logik, die Geometrie und die Theorie der Graphen war es eigentlich keine Frage, ob ich zur Universität gehe, sondern einzig und allein wann. So übte ich mich in der grundlegenden Mathematik, während andere Gleichaltrige mit für mich eher zweifelhaften Vergnügungen ihre Zeit verbrachten. Dümmliche Spielereien stellten sich mir dar, von teilnahmsloser Gafferei in Bildröhren jeglicher Art bis hin zu kindlich-dummen Streichen, sinnlosen Freizeitaktivitäten, schulischen Beschäftigungstherapien am Nachmittag oder gar, mit Eintritt in die höheren Altersstufen auf dem Gymnasium, der teilweise exzessive Konsum von Drogen. Manche waren dabei in ihrem unverblümten Rausch einem derartigen Stolz über ihr von ihnen so empfundenes Anderssein verfallen, dass sie nur noch über dieses einzelne Thema zu sprechen vermochten. Es war ihnen niemals bewusst, dass sie sich damit erstens um Kopf und Kragen bei der Lehrerschaft redeten, zweitens ihrer Gesundheit einen nicht zu vertretenden Schaden zufügten und drittens auch ihren Geist in einer Form außer Kraft setzten, dass sie nur mehr als trübgaffende Halbtote in permanenten »Lachflashs«, wie es genannt wurde, ihren unweigerlichen peinlichen Absturz in die Welt der Primaten betrieben. Insofern war ich natürlich – und dies auch aus voller Überzeugung – ein Außenseiter, wenn ich mir meine Ziele konsequent setzte, sie mit eisernem Willen anstrebte und auch erreichte, anstatt mein ganzes Sein zu vergeuden, wie es der überwiegende Teil meiner Mitschüler in teilweise schrankenloser Weise vorlebte. Für ihren Verfall fühlte ich mich niemals verantwortlich. Das geht mich nichts an. Wie ich bereits erwähnte, bin ich kein belehrender Mensch.

Ich will an dieser Stelle eine Geschichte erzählen, die mir während meines Aufenthalts am Unsberger Kepler-Gymnasium in der Oberstufe widerfuhr. Nachdem ich die weiteren Jahre nach der erfreulichen Loslösung von meiner furchtbaren Tante auf einer Grund- und später der Realschule verbrachte, wobei beide Einrichtungen völlig unter meinem Niveau waren, habe ich zusammen mit meinem Vater beschlossen, ab der siebten Klasse auf jenes Gymnasium zu wechseln, das den Namen des hervorragenden Johannes Kepler trug. Selbst mein Vater kannte diesen Astronomen, der es zum Beispiel durch seine wissenschaftliche Arbeit ermöglichte, die Inhaltsmenge von unregelmäßigen Körpern, auch Weinfässern verschiedener Bauformen, genauer zu berechnen. Ganz zu schweigen von seiner Arbeit zur Ermittlung von Planetenbahnen, den Kepler'schen Gesetzen. Ich wollte mich natürlich sofort in den naturwissenschaftlichen Zweig vertiefen, jedoch wurden zwei Fremdsprachen gefordert. Karl von Metzenfelder war auch auf diesem Gymnasium, natürlich völlig unverdient, konnte er ja nur stumpfsinniges Pauken als Leistung für sich reklamieren, was er für das Erlernen von drei Sprachen nutzte: Englisch, Französisch und Latein. Des Englischen war ich bereits erheblich mächtig, zumindest standen mir schon die Fähigkeiten zu, englischsprachige mathematische Ausarbeitungen zu verstehen. Darüber hinaus erkannte ich keine Notwendigkeit, mich tiefer in dieses Gebiet der natürlichen Sprachen zu begeben. Würde ich irgendeinen noch so kleinen Sinn darin gesehen haben, hätte ich mich auch in das Sprachenlernen gestürzt, das für Karl wohl das Größte zu bedeuten schien. Das ist mir ganz klar! Anstatt die Dinge bei den Grundlagen zu beginnen und sie forschend im Geiste weiterzuentwickeln, wurde hier eine spezifische Grammatik einer natürlichen Sprache auswendig gelernt und dann ein Grundwortschatz dazu gepaukt. Es scheint ein Merkmal der Schwachen zu sein, sich besonders in diesen so genannten »Fleißaufgaben« niederzulassen und sich dann in dem zweifelhaften Erfolg zu baden, irgendeine Redewendung in einer anderen Sprache als der unsrigen aufsagen zu können. Ich möchte mich hier nicht weiter über diese Einfältigkeit meines Sitznachbarn echauffieren und nur kurz die Geschichte erzählen, wie ich mit Karl aneinandergeriet. Karl, der mich andauernd aus meinen Gedanken zur Mathematik riss, wenn er neben mir sitzend wieder einmal nicht dazu in der Lage war, einfachste Fragestellungen ohne meine Hilfe zu erfassen und zu bearbeiten.

Mein Ziel war klar. Ich wollte meinen Abschluss mit »hervorragend« im Bereich der Mathematik ablegen, was mir die Türen zur Universität weit öffnen sollte. In der Klasse saßen ungefähr zwanzig weitere Schüler, davon einer stumpfsinniger als der andere. Auch gab es acht Mädchen, wovon sich drei immer und immer wieder aus der ersten Sitzgruppe ganz vorn an den Lehrertisch von Herrn Schröder drängten, um ihm Erklärungen von mathematischen Mustern, etwa dem Lösen eines linearen Gleichungssystems mit dem bekannten Verfahren von Gauß, abzuverlangen. Dabei war dies durchaus nicht zu schwer, aber doch scheinbar immer noch zu kompliziert für diese Wesen, die ihre Zeit mit Hören von stilloser Musik, peinlicher Tanzerei und substanzlosem Geschnatter über Lippenstifte, Kino und männliche Sportler vertändelten. Was hatten sie in einem Mathematik-Leistungskurs zu suchen? Besonders singenden Homosexuellen schienen sie allesamt hoffnungslos verfallen. Ich konnte das nicht verstehen. Mit Karl hatte ich eine vertretbare Abmachung getroffen. Er darf sich in der Mathematikstunde neben mich setzen und seine Ergebnisse mit meinen vergleichen. Sollte er Fragen haben, dann kann er sie mir außerhalb der Stunde stellen.

Natürlich verlangte ich für diese Bereitschaft, meine kostbare Zeit aufzuwenden, eine Gegenleistung, die darin bestand, dass er für mich die zeitintensiven Hausaufgaben in meinen beiden Sprachfächern Englisch und Französisch anfertigte. Dazu hatte er meine Handschrift zu kopieren, was er natürlich anfangs nur mangelhaft beherrschte. Aber durch die Regelmäßigkeit, mit der er es tat, konnte er seine kopistische Fähigkeit kontinuierlich verbessern, sodass selbst für die Lehrerinnen beider Fächer kein Unterschied zwischen dem Original und der Kopie meines Schriftzuges zu erkennen war. Die Aufgaben hatte er mir am Abend vor der nächsten Französisch- oder Englischstunde zu geben, damit ich sie noch in ausreichender Form nachvollziehen konnte. Auf diese Weise konnte ich auf etwaige Fragen der Lehrerin Gröbel antworten, einer faltigen, klapprigen Dame, die zehn ihrer vielen Lebensjahre in Paris verbracht hatte. Wohl, so bemerkte es Karl einmal, vermochte diese Frau Gröbel der Pariser Mode trotz ihres fortschreitenden Verfalls immer noch nicht abzuschwören, denn ihr Stil war *extravagant*. Ein Wort, welches mir bis heute keine wirkliche Erkenntnis über das verschafft, was es zu beschreiben versucht. Nicht wenige Eigenschaften dieser Lehrerin erinnerten mich an die verhasste Tante. Doch ich empfand es als Zeitverschwendung, mich gegen den Zwang des Spracherwerbs und damit gegen die alte Lehrerin, zur Wehr zu setzen. Die Englischdozentin war eine ganz ruhige Person, die frisch von der Universität kam und mich weitestgehend in Frieden ließ, wenn sie nur die Antworten bekam, die sie wollte. Nicht wenige meiner männlichen Mitschüler wurden seltsam schweigsam, wenn diese scheu wirkende und nicht unansehnliche, junge, brünette Frau in die Klasse trat. Karl hielt sich an unsere Abmachung, die ja nur für ihn notwendig war, da er ja schließlich ohne mich niemals seine für ihn viel zu guten Noten erhalten hätte. Für mich bedeutete es, dass ich mir die Zeit für das Erstellen von Hausaufgaben ersparen konnte, sieht man einmal von der Vorbereitung für die Zwischen- und Abschlussklausuren ab. Es ersparte mir also etwas mehr Zeit, als ich durch meine mathematischen

Erläuterungen Karl gegenüber verlor.

Dieses Spiel ging einige Monate gut, bis sich eines Tages im Mathematikunterricht eines der Mädchen umdrehte und mit Karl zu flüstern begann. Eine Minute lang versuchte ich beide mit einem Blick zu unterbrechen, der selbst einem wilden Tier Gehorsam und Manierlichkeit beigebracht hätte. Doch die beiden dachten offenbar nicht im Geringsten daran, sich von mir stören zu lassen in ihrer flüsternden Konversation über etwas, was »gestern so schön« gewesen sei. So erhob ich ein ebenfalls flüsterndes Wort, in dem ich sie höflichst zur Ruhe aufforderte. In diesem Moment erschien der Lehrer Schröder am Tisch und fuhr mich an, dass ich gefälligst zuzuhören hätte, auch wenn ich »schon vieles wüsste«. Ihm war natürlich klar, dass ich sein bester Schüler war und für mich war es ja ohnehin vorherbestimmt, dass ich ihm irgendwann überlegen sein würde. Die Situation entbehrte nicht einer gewissen Ironie. Doch war ich zu konsterniert, etwas anderes zu meiner Verteidigung vorzubringen, als dass der Auslöser meiner Rede die »Liebelei« zwischen Karl und Sophie gewesen war, der Tochter unserer Allgemeinmedizinerin Frau Candall. Schröder wollte lediglich Ruhe in seinem Unterricht, genau wie ich, doch er ließ meine Widerrede nicht gelten und verlangte von mir, ich solle, so wörtlich, »mein vorlautes Mundwerk halten«. Eine Sache, die ich allen drei beteiligten Personen bis heute nicht nachsehen kann, war ich doch der Einzige, der ein korrektes Verhalten an den Tag gelegt hatte. Ich beendete die Regelung mit Karl noch am Ende derselben Stunde mit der Begründung, dass er meine Hilfestellung nur missbrauchte. Als der so Gescholtene empört auf seinen Teil der Abmachung verwies, sagte ich ihm lächelnd und ruhigen Wortes, dass ich auch durchaus allein in der Lage bin, die Aufgaben zu bewältigen. Das Zeitargument würde der wie eine Fliege im Spinnennetz seiner beschränkten Denkmuster Klebende sowieso nicht erfassen und so gingen wir im Streit auseinander, fanden aber später wieder zusammen. Das war in besonderem Maße der Überredungskunst von Karls Vater, Artur von Metzenfelder, geschuldet.

Dieser Mann hatte für mich eine große Bedeutung und seinem einzigen Spross trotz seiner Defizite auf die geistigen Sprünge zu helfen, wurde mir dann natürlich eher Verpflichtung als Genugtuung. Karl selbst gab sich ab dem Zeitpunkt unseres Auseinandergehens immer mehr mit dieser Sophie ab, deren körperliche Reize sich zugegebenermaßen mit den Jahren entwickelt hatten. Doch in ihrem Geiste war sie so öde und leer wie die Mondoberfläche, so trüb wie eine Milchglasscheibe, so verdorben und ausgetrocknet wie ein am Baum gefaulter Apfel, der nun von Karl gepflückt wurde, wie andere munkelten. Die einhellige Begründung aller Mitschüler: Sie hatte die größte Oberweite aller Mädchen in der Klasse und zeugte damit von besonders ausgeprägter sexueller Frühreife. Als ob es nichts Wichtigeres gäbe! Schröder hingegen bewies ich fortan durch brillante Ergebnisse in den Bereichen Algebra und Analysis, dass seine Behandlung mir gegenüber ungerechtfertigt und maßlos überzogen war. Ich konnte dieses Ereignis in den Jahren bis zur Universität nicht vergessen, sooft er mich auch lobte. Wie ich hörte, wurde er zwei Jahre nach meiner Immatrikulation an der Unsberger Universität vom Kehlkopfkrebs dahingerafft. Das hat mich etwas zornig gemacht, denn ich wollte ihm später einmal zeigen, dass seine mathematischen Fähigkeiten als Oberlehrer den meinen hoffnungslos unterlegen waren. Auf der anderen Seite war seine extreme Nikotinsucht weithin bekannt und es kann ja auch nicht sein, dass man nicht für seine Handlungen zur Rechenschaft gezogen wird. Actio et reactio. Ich behaupte, er hat die Quittung für den Umgang mit seiner Gesundheit bekommen. Seine Mathematik war sicherlich nicht schlecht, aber eben auch nicht herausragend. Eigentlich hatte er eine belanglose Existenz.

VI

Ich verfolgte eine harmlose, aber doch recht lehrreiche Beziehung im letzten Jahr meines Abiturs. Es lohnt sich fast nicht, darüber zu sprechen, denn es war uns beiden vollkommen klar, dass die Schule den absoluten Vorrang vor jeglicher Freizeitbeschäftigung genießen müsse. Es mag ja sein, dass man mich für einen so genannten Streber gehalten hat, mich sogar einmal als solchen bezeichnete, aber das ist mir egal. Es ist eine Frage der persönlichen Perspektive, der Festigkeit der Zielstellung und der eigenen Kraft für die konsequente Umsetzung. Meine Perspektive, die Mathematik, war für mich klar, ohne Zweifel und sie konnte durch nichts beeinträchtigt werden. Hinter all meinen Entscheidungen spürte ich meine Mutter stehen, die mir den Rücken stärkte und mich aufforderte, mich zu konzentrieren. Eines Tages in jenem Sommer 1994 hatte ich mich an den Unsberger See zum Schwimmen begeben. Bei sportlichen Betätigungen wie Schwimmen oder Laufen, im Grunde genügte es auch, spazieren zu gehen, konnte ich theoretisch erarbeitetes Wissen im Geist wiederholen und Überlegungen anstellen, wo es eine Rolle spielte und wie es anwendbar war. Im Wasser hatte ich gerade eine größere Strecke zurückgelegt und war nun bereit, mich auf meiner Decke etwas auszuruhen. Ich saß immer etwas abseits der sich oft in Gruppen verschiedener Größe und auch je nach Themenbereichen zusammenrottenden Klassenkameraden. Clusterbildung nennt man dies. Auf der einen Decke wird über Musik und dergleichen gesprochen. Auf anderen Decken, die nur aus männlichen Teilnehmern bestanden, drehte sich das Thema um Frauen, während es bei den Frauengrüppchen umgekehrt war. Manch einer versuchte mich auf primitive Art und Weise in seine Gruppe einzuschließen, denn ich galt durch meine Kenntnisse als wertvoller Zeitgenosse und sicher haben manche, die keine völligen geistigen Brandlöcher waren, mir gegenüber auch Respekt empfunden. Doch war ich grundsätzlich durch deren Offensichtlichkeit gegen solche Einfangversuche gewappnet und entzog mich jedweder Annäherung, die dies zum Ziel hatte. Nun aber stand plötzlich die kleine Magda aus der Parallelklasse vor mir an meiner Decke und fragte mich, ob sie sich zu mir setzen könnte. Ohne die Antwort abzuwarten, hockte sie sich neben mich und lachte mich an. Sie hatte eine blonde, lange Löwenmähne mit einer

Vielzahl von Locken und auch ihrem sonstigen Äußeren konnten keine merklichen Absonderheiten vorgeworfen werden. Ihr Anblick war eigentlich makellos, doch hatte sie ein Muttermal auf der rechten Wange in Form eines kleinen Leberflecks, etwa drei Millimeter im Durchmesser. Diese Besonderheit formte einen einzigartigen Anziehungspunkt. Schaute man ihr ins Gesicht, so würde man vielleicht über die sonst gewöhnliche Schönheit dieses jungen Mädchens hinweg gesehen haben, vielleicht wäre sie einem erst gar nicht aufgefallen, in ihrer durchschnittlichen Attraktivität. Nein, dieser kleine Fleck auf ihrer Wange verwirrte den Betrachter, es machte sie erst einmal interessant, da es die ideale Symmetrie ihrer Physiognomie durchkreuzte. Sie war vielleicht von etwas kleinwüchsiger Statur, doch hatte ich damit kein Problem, schließlich entpuppte sie sich als außerordentlich aufnahmefähig sowohl was Mathematik betraf, als auch in ihrem Faible für klassische Musik und abstrakte Kunst. Aus dem Gespräch, das sich mit ihr an jenem Sommernachmittag am Unsberger Baggersee ergab, erwuchs unsere zeitweilige Beziehung. Es war möglich mit ihr über Themen zu sprechen und von ihr Wissen abzurufen, das weit über dem Durchschnitt aller sonstigen Klassenkameraden lag. Nun, darüber hinaus bin ich ja auch kein Mensch, der den leiblichen Freuden zutiefst abgeneigt ist, was auch angesichts der kleinen Magda ausgesprochen unvernünftig gewesen wäre. Wenn ich im flackernden Schein ihrer rühmenswerten Altarkerzen ihre ansehnliche Oberweite konturenreich auf meinem vor Erwartung zum Äußersten gespannten Oberkörper spürte, da fiel es mir tatsächlich bisweilen aus dem Sinn, welchen mathematischen Aufgaben ich am Tage gefolgt war. Ihr ausgezeichneter Wuchs war geformt durch die regelmäßige Ausübung diverser Sportarten, die ihre weiblichen Vorzüge straff und ansehnlich gedeihen ließen. Es war ihre reichliche Ausstattung bei keinesfalls zu ausladenden Formen, die in mir die tiefen Begehrlichkeiten weckten, denen ich manchmal nur mühsam auszuweichen vermochte. Ihre sportlichen, gymnastischen Fähigkeiten waren ebenso beeindruckend und flexibel wie ihr Wissen in bestimmten Bereichen der ernsten Musik und der Kunst. Im Grunde war sie eine ausgesprochen hinreißende Person, die ihrerseits eigene Ziele verfolgte und mit den meinen nicht sonderlich kollidierte. Aber wir trafen uns oft und was wir taten, war von erstaunlichen Erfahrungen und Höhepunkten geprägt. Natürlich hätte ich kleinere Gedankenexperimente darüber aufstellen sollen, welchen Effekt der Evolution es hier zu kontrollieren galt. Schließlich waren diese vergessen machenden Gelüste von rein triebhafter Unvernunft geprägt, die bekanntermaßen ja schon ganze Königreiche in Schutt und Asche gelegt haben. Angesichts der Tatsache jedoch, dass es uns beiden in diesen Stunden der körperlichen Begierden bewusst war, dass wir nach unseren Spielchen auch unverzüglich wieder den Erfordernissen unserer Arbeit nachgehen müssten, ersparte ich mir in jenen Zeiten weitere Ausarbeitungen über Trieb und Vernunft.

Meine respektvolle Achtung vor dieser kleinen Magda, der ich die praktische Verwirklichung und das Ausleben diverser mir nur theoretisch bekannter Variationen des Geschlechtsaktes verdanke, schwand eines Abends auf einem Schlag. Sie hatte vorgegeben, ihre Großmutter im anderen Stadtteil besuchen zu wollen, doch bei einem abendlichen Spaziergang fand ich sie in einem geparkten Auto in der Nähe der ruhig gelegenen Klosterstraße in Richtung des Stadtwaldes. Dort musste ich mit eigenen Augen den Verrat mit einem dieser Nichtsnutze um den mittlerweile zum Schulsprecher hochgelobten Karl von Metzenfelder ansehen. Jedoch hielt ich es nicht für angebracht, beide zur Rede zu stellen, während ich sah, wie sie ihn in dem offenbar geliehenen Automobil befriedigte. Der Typ, ich glaube er hieß Wolfgang, hatte es sich auf dem Liegesitz bequem gemacht und Magda sprach Französisch mit *ihm*. Es gab mir erst einen kleinen Stich. Schließlich hatte ich ja nicht damit gerechnet, wie sehr sich die Kleine umherzog, aber dann begann ich, über die mittlerweile vergegenwärtigte Situation leise zu lachen. Die beiden waren ziemlich vertieft in jene Dinge, die

Magda, so glaubte ich, nur mit mir unternahm. Ich entschied mich nach einer kurzen Weile, während der ich still und kopfschüttelnd das Treiben beobachtete, mich zurückzuziehen. Ein Gefühl der Eifersucht oder des Verlusts gedieh in mir nicht, da ich ja ohnehin von der nur kurzen Dauer unserer für mich bisweilen sehr erbaulichen Beziehung überzeugt gewesen war. Eifersucht stellt außerdem ein Zeichen mangelnden Selbstbewusstseins dar, doch mit meinem Ego ist alles in Ordnung. Als Magda am nächsten Tag zu mir kam und sich so verhielt, als sei alles so normal wie immer, wurde mir klar, dass sie diese Spielchen schon geraume Zeit betrieben haben könnte. Eigenartigerweise hob es mich wirklich nicht besonders an, dass ich sie mit anderen, zumindest jedoch einem, zu teilen hatte; mir stellte sich hingegen die Frage, ob die anderen auch von mir wussten? Was würden diese Narren wohl gedacht haben, wenn sie sich mit meiner außerhalb ihrer Konkurrenz stehenden Intelligenz konfrontiert sahen. Was sagten sie über die Tatsache, dass Magda immer wieder auf mich zurückfiel? Sicher würden sie alle in ihrer ärmlichen Kleingeistigkeit minderbemittelten Potenzgroll gegenüber meiner Überlegenheit hegen, würden sie sich doch mit der Tatsache Auge in Auge sehen, dass die kleine Magda mich eben meiner Fähigkeiten wegen nie ganz vergessen konnte. Mir war und ist diese heimliche Begegnung weitestgehend egal geblieben, dennoch stellte ich den Kontakt zu ihr und Tätigkeiten, die nichts mit jenen Körperlichkeiten zu tun hatten, mehr und mehr ein. In diesem Zusammenhang achtete ich nun etwas genauer darauf, dass wir vor unseren Spielchen in die Dusche gingen; manchmal fing es übrigens da schon an. Wenn ich nicht wusste, ob sie wirklich sauber war und an ihr noch der Geifer irgendeines Dritten klebte, gab ich Unlust vor. Zugeben muss ich, dass ich sie nach ihrem Betrug wesentlich härter herannahm, denn ich sah sie nun als verrucht und schmutzig an. Die Zurückhaltung wich und es schien ihr noch größere Freude als zuvor zu bereiten. Letztlich hatte ich ihr nichts Bestimmtes vorzuwerfen, aber ich verlor das ursprüngliche Interesse und was noch wichtiger war, den Respekt ihr gegenüber. Wir hatten einen letzten Kontakt beim Abiturball. Dann zog sie weg und wir sahen uns nicht wieder. Bis vor Kurzem noch erhielt ich Briefe von ihr, die ich mit kurzen Einzeilern per E-Mail beantwortete. Sie schrieb oftmals mehrere Seiten, die ich meist diagonal las, um dann kurz und knapp zu antworten, mit »Danke für den Brief. Hier soweit alles klar« oder Ähnlichem. Wahrscheinlich erhoffte sie sich, tiefer gehende Abhandlungen über den Stand meines Lebens zu erhalten. Das wollte ich ihr jedoch nicht zugestehen. Es kann schon sein, dass sie sich die gesamte Zeit über von mir etwas Weitergehendes wünschte, was ich jedoch für die damalige Zeit kategorisch ausschloss, auch unter Betrachtung meiner Erfahrungen mit ihr. In ihren Briefen, die sie altmodisch per Papier und Briefmarke alle paar Monate schickte, schien sie mich hingegen an ihrem Leben teilhaben lassen zu wollen. Sie informierte mich über ihre Entwicklung, ihre Arbeit in einer Bank, ihre Katzen und ihren kleinen Garten, den sie pflegte. Zuletzt war sie Leiterin einer Sparkassenfiliale irgendwo im Schwarzwald. Jeder bekommt, was er verdient. Niemals allerdings schrieb sie über ihre Liebschaften oder gar feste Partner, von denen ich sicher war, dass sie zahlreich existierten. In der Zeit während des Abiturs, nachdem ich die beiden in flagranti in der Klosterstraße entdeckt hatte, verhielt ich mich ihr gegenüber, als würde ich nichts von ihrer Vorliebe für mehrere Jungen wissen. Ein Mädchen wie sie treibt sich eben umher und lebt sich aus, solange bis es die ersten Falten nicht mehr leugnen kann. Dann wird es langsam ruhiger und sesshafter. Diesen erwartbaren, späteren Zustand mit ihr erleben zu wollen, kam mir ja ohnehin nicht in den Sinn. Eine wesentliche Lehre aus ihrer mehrgleisigen, sexuellen Beziehung zu mir und weiteren war, dass man anderen Menschen, insbesondere aber jungen Frauen, nicht gedankenlos trauen dürfe. Wenn sie dies oder jenes behaupteten, so musste man immer damit rechnen, dass sich ihre in tiefer Irrationalität äußernde Sprunghaftigkeit, die den unausgeglichenen Hormonhaushalten des weiblichen Hirns geschuldet ist, auf die eben erzeugte Behauptung legen konnte, um diese in ihrer ursprünglichen Bedeutung umzukehren. Ein Mann hält sich da besser bedeckt und wartet ab, bis der Spuk vorbei ist. Ich gebe zu, dass dies sicher nicht immer sehr einfach ist. Man darf Frauen in diesem Alter nicht ganz so ernst nehmen und auch später sind sie mit Vorsicht zu genießen. Erst wenn sie Großmütter sind und sich in ihrem Herbst auf den Winter vorbereiten, erst dann im höheren Alter werden sie friedlicher und wirklich ruhiger. Dann ist der Erhalt der jugendlichen Schönheit endgültig nicht mehr herbeizuschminken und im Fitnessstudio anzutrainieren und sie bereiten sich auf die Akzeptanz des Todes vor, der unaufhörlich näher rückt und sie im Bekannten- und Familienkreis mehr und mehr umgibt, bis sie ihm selbst direkt gegenüberstehen.

VII

Ich beendete das Gymnasium zwangsläufig mit Höchstpunktzahlen, weil ich es mir nicht erlaubte, irgendwelchen Raum zwischen mir und meinem Ziel, der Einschreibung an der hiesigen Universität, kommenzulassen. Tief greifende, beinahe süchtig machende Erfolge in der Schule brachten mir die Motivation, mich neben den üblichen Hausaufgaben weit darüber hinaus mit den verschiedensten angrenzenden mathematischen Themenkomplexen auseinanderzusetzen. In dieser Phase der hoch motivierten Arbeitsmoral hatte ich nun die Entscheidung über den militärischen oder zivilen Dienst zu treffen. Nach reiflicher Überlegung erschien der militärische Dienst unter der Voraussetzung eines Stabsdienstes, also einer Bürostelle, als das geringere Übel. Der zivile Dienst als Kraftfahrer, Hausmeister oder für was man da noch eingesetzt werden konnte, kam nicht infrage, da dort eine Art »Freizeit« während der Arbeitszeit nicht entstehen konnte. Ich entschied mich für das Militär, obwohl ich das Austragen von kriegerischen Konflikten als überflüssiges Relikt vergangener Jahrtausende betrachtete und für mich die dennoch immer wieder durchgeführten Kriege der Moderne ein großes Ärgernis darstellten. Ausschlaggebend war schließlich doch, dass mir dieser Dienst drei Monate weniger Lebens- und Arbeitszeit fraß. Ich wollte schließlich so schnell wie möglich an die Universität. Damals, 1995, wurde man noch für zwölf Monate zum Wehrdienst verpflichtet und für fünfzehn Monate zum Zivildienst. Natürlich beabsichtigte ich, Zeit zu sparen. Einige Worte zu der militärischen Arbeitsweise möchte ich doch noch notieren, weil während meiner Zeit bei der Armee wichtige persönliche Ereignisse eintraten.

Ich war nun schon einige Monate in dieser morbiden Mast- und Schikanierungsanlage für junge Männer, in der sich die Burschen in meinem Alter zum größten Teil von Zigaretten, fettigem Essen, Bier und sonstigen alkoholischen Getränken ernährten. Hin und wieder wurden sie zwar auf diverse Märsche und sportliche Aktivitäten verpflichtet, doch konnte das dem Grad der Verrohung, dem sie sich widerstandslos hingaben, zu keiner grundlegenden Besserung verhelfen. Sie spielten überwiegend Karten oder mit den neuesten japanischen Spielkonsolen, gaben wertlosen Gedankenmüll über Autos und Pornografie von sich und wollten überdies auch noch für ihre speziellen Kenntnisse dieser Bereiche und für ihr überdies lupenrein proletenhaftes Auftrumpfen bewundert werden. Sie musterten sich mit einer seltsamen Art von Abscheu und Zuneigung gegenseitig und es schien mir wie das Spiel junger Hunde. Ja, einfältiges Tiergebaren, vererbt aus archaischer, prähistorischer Zeit, mehr konnte dies nicht darstellen. Gegenseitig nannten sie sich *Kameraden*, ein Begriff, den ich aus der Abneigung zur Fraternisierung mit jenen Menschen weitestgehend vermied. Obwohl ich die Zeitverschwendung verachtete, richtete ich mich in diesem militärischen System ein. Zum Glück hatte ich meine eigene Stube und war dem Hauptmann direkt unterstellt. Ich begleitete eine Sonderposition, die logischerweise auch zu vorzeitiger Beförderung im Mannschaftsdienstgrad führte. Während andere Rekruten noch Gefreite waren, erhielt ich bereits meine »drei Streifen« und wurde »Hauptgefreiter« gerufen. Mir war es egal. Das bisschen mehr Geld war mir gleichgültig und aus dem höheren Dienstgrad konnte man sonst nichts weiter herausholen. Meine Tätigkeit war durchaus von besonderer Bedeutsamkeit, denn durch meine Hände lief das de facto Wichtigste, was es in einer Kaserne gibt: die Urlaubsanträge. Jeder, der einen bestimmten, schwierig durchzusetzenden Urlaubswunsch hatte, wollte sich unterwürfig mit mir gut stellen, weil er wusste, dass alle Anträge zuerst bei mir landeten und ich die Sortierung vornahm. Was ich dem Hauptmann vorlegte, unterzeichnete dieser. Wenn ich ihn beim Unterzeichnen mit etwas ablenkte, fielen ihm etwaige Terminkonflikte bei der Unterzeichnung dieses oder jenes Urlaubsantrages nicht auf. Das gab mir einige Macht, die ich gewissermaßen verantwortungsbewusst zu beherrschen gedachte. Ich empfand, trotz dieser Unmöglichkeiten, mit denen sich meine so genannten »Kameraden« bei mir jeglicher Akzeptanz entledigten, die Struktur beim Militär doch ausgesprochen logisch und durchdacht, auch wenn manche Offiziere bisweilen Befehle erteilten, deren einziger Zweck eine Art Beschäftigungstherapie ihrer Soldaten darstellte. Für einige Offiziere war es sichtlich befriedigend, wenn sie ihre Rekruten schinden konnten, sie Aufgaben erledigen ließen, die nur durch Ablauf einer dafür vorgesehenen Zeit erledigt werden konnten. Das heißt, die Aufgabe ist nicht abgeschlossen, wenn sie erledigt ist. Der Dienstplan sieht zwei Stunden dafür vor, also kann der Befehl erst nach zwei Stunden ausgeführt worden sein. Abseits solch absurder Vorgänge gab es aber doch strikte Regeln und Hierarchien, innerhalb derer man gewisse Spielräume besaß. Die machten es durchaus erträglich, sich im militärischen Umfeld bewegen zu müssen. Ich richtete mich folglich in meinem Büro ein, und begann meinen Arbeitsbereich auszufüllen, indem ich allerlei unwürdige Tätigkeiten verrichtete, die allenfalls einer unterwürfigen Sekretärin zu kleingeistiger Befriedigung hätten verhelfen können. Doch scherte mich das wenig. Ich wusste doch, was ich wert war und dass man mich in Ruhe ließ, wenn ich meinem Dienstherren Folge leistete. Meine Mathematikbücher hatte ich immer bei mir, vor allem im Büro. Also mangelte es mir keineswegs an geistigen Trainingsmaßnahmen. Jede freie Minute, und derer gab es reichlich, verbrachte ich mit dem Studium diverser mathematischer Verfahren, schon allein deswegen, um das während des Abiturs gewonnene Wissen und die Motivation, die ich aus der Gymnasialzeit herübergerettet hatte, nicht an den Faktor Zeit zu verlieren. Eine Redewendung meiner Tante lautete: »Zeit heilt alle Wunden.« Sie beschreibt wohl einen Mutzuspruch an sich selbst mit dem Ziel, den eigenen Schmerz auszuhalten, etwa wenn einer ihrer tätowierten, nach Schnaps und Schweiß stinkenden Gesellen sie gerade wieder sitzengelassen hatte. Doch eine andere Auslegung dieses Spruches ist viel wichtiger: Zeit lässt vieles verblassen, die negativen Erfahrungen genauso wie die positiven. Angelegenheiten, die einem von großer oder gar größter Bedeutung sind, bedürfen demnach der Kultivierung und der regelmäßigen Pflege. Dieses wichtige Prinzip achtete ich stets in Bezug auf meine mathematische Entwicklung, auch beim Militär.

An einem Wochenende fuhr ich nachhause, um den Geburtstag von Herrn Metzenfelder zu feiern, dem meine Entscheidung zur Armee zu gehen zwar nicht zusagte, er sie jedoch auf Grund meines Zeitargumentes akzeptierte. Metzenfelder war strenger Kriegsgegner und politisch irgendwo ein libertärer Linker. Er hatte in seiner Jugend fortwährend gegen kriegerische Auseinandersetzungen und die militärische Rolle der Bundesrepublik, insbesondere bei der nuklearen Aufrüstungsspirale zwischen den Großmächten, demonstriert und war auch schon einmal deswegen für einen Tag in Untersuchungshaft gewesen. Er erzählte mir, dass ein paar der Demonstranten einen »Bullentoni« umwarfen – natürlich mit »Bullen« drin. Man schickte infolge der Attacke eine Hundertschaft zum Einsatzort und verhaftete alle, die nicht rechtzeitig flüchten konnten oder wollten. Freilich mussten alle zuvor niedergeknüppelt werden und einer seiner engsten Freunde, ein Verleger in Berlin, wurde schwer verletzt und ist heute invalide. »So war das damals«, sagte Metzenfelder bedeutsam und erzählte von der heiteren Stimmung und der obligatorischen Aussageverweigerung in der U-Haft. Schließlich musste man ihn frei lassen, weil ihm eine Teilnahme an der Umsturz-Aktion nicht nachgewiesen werden konnte. Ob er denn tatsächlich dabei war, fragte ich ihn. Er lächelte mich doppeldeutig an, sagte jedoch nichts und zuckte mit den Schultern. Auch die übrigen Anwesenden schmunzelten sogleich. Metzenfelder wurde an jenem Tag fünfundfünfzig Jahre alt und hatte damit meinen Vater eingeholt, der einige Monate älter war. Beide waren schon lange befreundet. »Schon seit der Schulzeit kennen wir uns«, sagten sie und lachten sich an. Doch während Metzenfelder offenbar den Aufstand gegen seine Eltern probte, blieb mein Vater ein braver, stiller Sohn von zwei Staatsbeamten, dem schließlich in seiner pubertierenden Zeit ebenfalls die Berufung zum Staatsdienst als erstrebenswertestes Ziel am geistigen Horizont aufglimmte. Man pflanzt sich offenbar innerhalb seiner Klasse fort und erzeugt wiederum etwas zu dieser Kaste Passendes. Meine Großeltern väterlicherseits kannte ich nicht. Die beiden bekamen meinen Vater sehr spät als Einzelkind und starben früh. Metzenfelder aber sprach nicht gerade positiv über seine Eltern. Sein Vater war ein herrischer Kaufmann, ein Choleriker, der ihm früh den Hang zur »brotlosen Kunst« vor allem mit Schlägen auszutreiben versuchte und seine äußerst dienstbeflissene Mutter hatte einen Posten als Chefsekretärin bei einem Großunternehmen in der Auto-Industrie inne. Sie wurde dort in den frühen Sechzigern geschliffen, führte Befehle aus oder ließ diese von verängstigten Mitarbeiterinnen ausführen. War eine von ihnen nachlässig oder verträumt, war Frau Metzenfelder es gewohnt und man erwartete es von ihr natürlich auch, dass diese Verstöße mit harter verbaler Bestrafung bis hin zur Kündigungsandrohung und auch Durchführung geahndet wurden. Natürlich lebte diese Frau ihre berufliche Arbeitsweise auch im Privaten fort. In diesem Nachkriegs- und Wirtschaftswunder-Klima wuchs ein schüchterner oder besser eingeschüchterter Artur auf, der nach eigener Erklärung auch nur mithilfe seines stets anders denkenden, frechen Großvaters mütterlicherseits ein selbstbestimmtes Eigenleben entwickeln konnte. In Metzenfelders Person reflektierte sich die Revolution der sechziger Jahre, er lebte ein Jahr in einer Kommune und dann in Wohngemeinschaften in Berlin und Frankfurt, während mein Vater die Laufbahnbefähigung für höhere Bedienstete in Unsberg absolvierte. Was die beiden so unterschiedlichen Charaktere zusammenhielt, war mir ein großes Rätsel. Am wahrscheinlichsten ist irgendeine Form von Nostalgie. Heute ist ihr gesellschaftlicher Unterschied nebensächlich. Sie spielen mittlerweile in derselben Liga, sind beide in der oberen Mittelklasse angelangt. Was früher einmal undenkbar oder verwerflich schien, ist damit endgültig Vergangenheit. Auf Metzenfelders Geburtstagsfeier war daher auch mein Vater als sein Jugendfreund zugegen und erzählte allerlei uninteressante Dinge, die sich mit irgendeiner Neuregelung an seiner Arbeitsstätte beim Landgericht befassten. Man hörte zu, doch hatte ich wohl nicht als Einziger mit dem Schlaf zu kämpfen, angesichts des monotonen Redestils und der inhaltlichen Leere seiner berichthaften Äußerungen. Die Künstlerin Valeria Minkowsky saß schweigsam da und nippte am Champagner, während ihr Begleiter, offenbar Spanier, ihr zuflüsterte und sie dazu brachte, gelegentlich zu kichern. Karl trieb sich in Hamburg herum und war nicht zugegen. Ein befreundeter Pianist namens Josef klimperte die ganze Zeit auf dem Klavier Jazz und Ragtime-Melodien nur unterbrochen durch gelegentliches Zuprosten mit erlesenen Spirituosen. Es waren auch noch zwei altgediente Arbeiter von Metzenfelders Anwesen dabei. Sie tranken Bier anstelle des hervorragenden Weines und wichen nicht wirklich von irgendeiner Etikette ab, wie ich zunächst erwartet hatte. Ab und an gab Artur von Metzenfelder einige Kommentare von sich, die den vorzüglichen Klang des Laienschauspielers in sich bargen und das Schlafbedürfnis kurzfristig auflösten. Metzenfelder erhob sich und erklärte: »Ich habe niemals gedacht, dass ich diesen Lebensstil hier einmal führen würde. Vor kaum mehr als dreißig Jahren, hätte ich Typen meines heutigen Schlages vermutlich von der hohen Kanzel der Selbstgerechtigkeit aus gerügt und gegen sie aufgerufen. Was der junge Mann, der ich damals war, allerdings nicht sehen konnte, ist die Art und Weise, wie ich etwas tue. Ich habe mich der Kunst verschrieben und werde es bis an mein Lebensende sein. Es interessiert mich nicht der Profit, aber der Erfolg meiner Tätigkeit schon!« Wir nickten ihm zu. Insbesondere mir hat er mit seiner Ansicht aus dem Herzen gesprochen. Wie glücklich kann sich ein Mensch schätzen, der seinen nicht zwangsläufig Gewinn bringenden Neigungen freien Lauf lassen kann, ohne sich des Geldes wegen in einen Erwerbsarbeitszwang stürzen zu müssen. Finanziell sollten sich meine Bedingungen in der nahen Zukunft auch stabilisieren, doch konnte ich dies zu jenem Zeitpunkt noch nicht ahnen. Es standen große Ereignisse an.

Noch vor der zwölften Stunde begaben sich mein Vater und ich mit einem Taxi, das ich uns rief, zurück in die Stadt. Als wir zuhause ankamen, verabschiedete ich mich sogleich von meinem Vater, der seinerseits noch etwas über seinen Weinkeller murmelte. Ich begab mich auf mein Zimmer, das jederzeit für mich vorbereitet und aufgeräumt war, und widmete mich einiger algebraischer Übungsaufgaben aus einem Universitätslehrbuch, das ich an diesem Tage am Bahnhof in Unsberg erworben hatte. Der Herausgeber war ein Professor an der Unsberger Universität. Natürlich musste ich die Schrift haben, wollte ich doch in wenigen Monaten mein Studium dort auf-nehmen! Ich hatte vom Wein etwas zu viel und schlief über dem Buch ein, schleppte mich aber, nach unruhigem Schlaf, gegen vier Uhr nachts ins Bett. Nun, ich konnte ja nicht ahnen, dass mein Vater an diesem Abend wohl durch Unachtsamkeit stolperte und die alte Sandsteintreppe herunterstürzte, die in den Keller führte. Während ich gerade am Tisch wegnickte, mit dem Kopf auf der Definition der Cholesky-Zerlegung für positiv-definite Matrizen, da hatte mein Erzeuger sich schwere bis schwerste Kopfverletzungen zugezogen und blieb regungslos kopfüber auf den unteren Stufen der Treppe liegen. Ich fand ihn am nächsten Morgen und stellte fest, dass seine Atmung kaum noch vorhanden war und er nicht mehr auf Gesprochenes reagierte. An den Sandsteinwänden fand ich Kratzspuren seiner Fingernägel, auf dem Boden neben seinem Kopf waren Blutspritzer sichtbar. Ich sprach ihn an: »Vater, wach auf! Was ist passiert? Bist du die Treppe heruntergefallen?« Es war klar, dass er zu viel Wein getrunken hatte und da heruntergefallen sein musste. Wahrscheinlich wollte er im Weinkeller weiter zechen, hatte aber mehr als ich intus und selbst mir war ja Metzenfelders Wein auch reichlich in den Kopf gestiegen. Bei der Armee hatte ich während der Ausbildung auch an einem Sanitätslehrgang teilnehmen müssen und ich erinnerte mich, dass man mit Verletzten sprechen musste, damit sie nicht völlig wegtraten. Bei meinem Vater war das anscheinend schon zu spät. Ich musste auch zwei Stunden vor dem Mittagessen wieder zum Bahnhof und zurück zum Dienst sein. Was also sollte ich tun? Ich rief Metzenfelder an, der allerdings an diesem Sonntag nicht zuhause, sondern bereits unterwegs zur Pferderennbahn war. Was hätte ich, verdammt nochmal, tun sollen? Der Mann musste versorgt werden und ich besaß dazu nicht das Wissen. Ich tat, was ich für das einzig Richtige hielt, und rief den Rettungsdienst. Nach etwa neun Minuten traf der Notarztwagen ein und ich führte sie in den Keller, wo der Notarzt die sofortige Einlieferung ins Krankenhaus veranlasste. Was hätte ich denn nur sonst noch tun sollen? Ich musste zum Dienst und bin dann zum Bahnhof gelaufen, obwohl ich noch über eine Stunde Zeit hatte. Als ich am Bahnhof ankam, telefonierte ich noch einmal mit der Villa Metzenfelder und hinterließ diesmal auf dem Anrufbeantworter die Nachricht, ich sei zum Dienst zurück und mein Vater ist im Keller gestürzt und würde jetzt in der Unsberger Klinik behandelt. Ich gab weiterhin den Namen des behandelnden Arztes an, den man mir zuvor auf meine telefonische Anfrage in der Klinik nannte. So hat meinem Vater schließlich sein zweit liebstes Hobby das Leben gekostet, denn eine Nacht später ist er im Krankenhaus seiner Kopfverletzung erlegen. Ich telefonierte während der Mittagspause mit dem Krankenhaus. Zu diesem Zeitpunkt befand ich mich ungefähr 380 Kilometer von Unsberg entfernt und man erklärte mir: »Herr Schmidt, ihr Vater ist eingeschlafen.« Ohne dass es dafür eine rationale Erklärung gab, wusste ich es vorher schon. Mühsam bedankte ich mich für die Nachricht. Später ging ich zurück in mein Büro und stempelte einen Stapel Befehle meines Vorgesetzten. Ich habe es vermieden, meinen so genannten Kameraden und auch meinem Hauptmann von dieser Geschichte zu erzählen. Was sollte sie das auch interessieren? Warum mir an dem folgenden Wochenende, an dem auch schon die Beerdigung stattfand, um die sich dankenswerterweise Artur von Metzenfelder gekümmert hatte, von allen Bewohnern der Villa Metzenfelder, in der ich mich für die Dauer jenes Wochenendes aufhielt, ein zumeist wortloser Blick der Verachtung entgegenschlug, kann ich nicht verstehen. Nicht ich habe doch meinen Vater die Treppe heruntergestoßen, sondern er hat dies praktisch eigenhändig getan, indem er dem Wein allzu unbeherrscht zugesprochen hatte. In den letzten Jahren hatte mein Vater viel zu viel Zeit in seinem Weinkeller verbracht und ich habe natürlich keinen Einfluss auf das Verhalten eines erwachsenen Mannes ausgeübt, der doch wissen müsste, wohin ihn der ungezügelte Alkoholgenuss dereinst führen würde. Mutter hätte ihm schon die Meinung gesagt, da bin ich mir sicher. Aber dem Verhalten der anderen mir gegenüber kann ich einfach nicht zustimmen – nicht ich habe ihn heruntergestoßen. Ich habe alles getan, was ich hätte tun können und lasse mir keinesfalls Vorwürfe machen. Es war ihm ja ohnehin nicht mehr zu helfen, als er auf der Intensivstation lag. Was hätte meine Anwesenheit während seines Ablebens schon für eine Bedeutung besessen? Realistisch betrachtet muss ich daher keine Schuldzuweisungen über mich ergehen lassen. Es wagte auch niemand direkt – allein durch ihre Blicke schienen sie mir ihre Verachtung entgegenzuschleudern. Die Beerdigung verlief ohne Zwischenfälle. Ich sehe an dieser Stelle einmal davon ab zu kritisieren, dass das substanzlose Gerede des Totenredners, den

Metzenfelder angeworben hatte, nicht über den Mann gelten konnte, der da jüngst verschieden war. Attribute wie »zuverlässig« oder »arbeitsam« mögen ja auf seine Tätigkeit beim Landgericht zutreffen, aber ob er ein »liebevoller« und »fürsorglicher« Vater gewesen war, oder ob er »Charme« und »Lebensfreude« vereinte, möchte ich hier und jetzt nicht kommentieren müssen. Mit seinem Ende verblieb nun keiner mehr aus meiner Familie in Unsberg. Die Tante war schon lange aus Unsberg verschwunden und meinetwegen konnte sie auf Madagaskar, in Bolivien oder sonst wo als verschollen gelten. Alle Großeltern waren nach und nach verstorben und weitere Geschwister hatten sowohl meine Mutter als auch mein Vater nicht. Ich war allein, hatte damit aber auch eine großartige Portion persönlicher Freiheit hinzugewonnen. Immerhin hatte mein Vater ein hübsches Sümmchen angespart, was ich nun samt des Hauses erbte. Das Geld legte ich wiederum zum größten Teil in einen Immobilienfonds an, von dem ich über meinen Hauptmann hörte. Später investierte ich in Kunstgegenstände. Dafür und darüber hinaus war mir die Händlerseele, die Artur von Metzenfelder in sich barg, bei der Veräußerung des größten Teils des überflüssig gewordenen Hausrates behilflich. Als ich von der Armee zurückkehrte, hatte ich die obere Etage meines Geburtshauses für mich allein zur Verfügung und die untere wurde über die Vermittlung von Artur von Metzenfelder an einen alleinstehenden Mitvierziger vermietet. Das Geld floss, mein Auskommen war gesichert, meine Perspektive sauber und klar. Alles in allem eine hervorragende Ausgangslage für den Beginn meiner Mathematikstudien an der Universität Unsberg.

VIII

Ich war der Erste, der in meinem Jahrgang das Diplom erhielt und zwar, wie es mir natürlich zustand, »mit Auszeichnung«. Jetzt würde mir die Welt offenstehen, wie mir der Dekan Professor Welsinger, Koryphäe der numerischen Mathematik, versicherte, als er mir das Papier feierlich überreichte. Es kam mir aber keinesfalls in den Sinn, jetzt meine Zeit für meinen Doktortitel an einer anderen Universität oder gar im Ausland zu verbringen. In der Fakultät für Mathematik waren meine Fähigkeiten überdies inzwischen weithin bekannt und so entwickelte sich die nicht unübliche Verfahrensweise, dass bestimmte andere Doktoranden oder auch bereits Promovierte bei Problemen in ihrem Arbeitsfeld eine Meinung von mir wünschten. Es konnte mein breit gefächertes Wissen im Gesamtgebiet der Mathematik nur weiter vertiefen und so setzte ich nicht wenige Stunden für dieses oder jenes Problem meiner Kollegen ein. Meinen Forschungen ließ ich nur genauso viel an Information vorausgehen, wie für die weitere Finanzierung des meiner Beteiligung unterworfenen Forschungsauftrages oder der Sicherung meiner Anerkennung am Lehrstuhl selbst notwendig war. Tief greifende Darstellungen meiner Ergebnisse, die mir selbst schon vorlagen, vermied ich auch gegenüber meinem Doktorvater. Er war niemals ungeduldig und akzeptierte meinen etwas kriminalistisch wirkenden Hinweis auf den laufenden Prozess der Forschung. Diesen Mann weihte ich dennoch nicht in alles ein. Ich respektierte ihn zwar, traute ihm jedoch nicht gänzlich, weil er natürlich mein Wissen als das Seine ausgeben würde und mich meines verdienten Ruhmes berauben könnte, obwohl er doch nichts weiter dafür getan hatte, als eben den Status meines Betreuers zu besitzen. Er war mein Doktorvater, ohne dass ihn, meinem Dafürhalten nach, dazu eine besondere fachliche Legitimierung befähigte. Um es klar zu sagen: Selbstverständlich bin ich seiner Person dankbar, denn schließlich war er es, der mir die Stelle vermittelte. Doch von vielen Professoren hat man nicht den Eindruck, dass für sie die Forschung an erster Stelle stünde, sondern eher das Organisatorische, das Monetäre und natürlich die Macht. Obwohl diesen Umständen Entscheidungen höherer Ebenen der Politik zu Grunde liegen, die sich ihrerseits im wachsenden Maße der Ökonomie unterzuordnen pflegen, so ist mir das Verhalten doch suspekt, wenn ein ordentlicher Professor nicht die Forschung als Zentrum seiner Pflicht erkennt. Genau solch ein Wissenschaftler war mein Doktorvater, Professor Niemann, Inhaber des Lehrstuhls für Graphentheorie an der Universität Unsberg. Er war eben einer dieser Professoren, die eher Verwalter als Forscher waren, was allerdings, wie erwähnt, den finanziellen Zwangsvollstreckungen der Politik an Bildung und Forschung geschuldet war. Sein Erfolg bestand im Aufbau einer vielfältigen Bandbreite von Stellen mit dem Ziel, graphentheoretische Anwendungsgebiete in Wirtschaft und Gesellschaft zu lokalisieren und zu etablieren. Neben mir gab es noch eine ganze Reihe anderer Doktoranden, die sich von mir allerdings hinsichtlich der Breite vorhandenen Wissens und schöpferischer Kraft extrem unterschieden. Ich nahm gewissermaßen eine Ausnahmerolle ein. Ich blickte in die Tiefe, aber eben auch in die Breite und war ein allseits gefragter Kopf.

IX

Am Lehrstuhl war es üblich, einmal im Monat einen kleinen Vortrag über den Stand seiner Arbeit zu halten und den Kollegen einen Einblick über den Fortschritt seiner Forschungen zu geben. Wie ich bereits erwähnte, gab ich meine Erkenntnisse, die natürlich schon über dem des von mir Präsentierten lagen, nur stückweise preis, damit mir nicht ein Nachteil entstünde. Wichtig war, sich nicht in Widersprüche verwickeln zu lassen, wenn etwa einer dieser Kollegen zu einem Problem, das ich ansprach, für das ich jedoch schon längst eine Lösung oder einen Beweis gefunden hatte, ein paar seiner Gedanken hinausposaunte. Da galt es zu beschwichtigen, den Gedanken aufzugreifen, ihn bei der nächsten Gelegenheit eines Treffens zu widerlegen und wieder ein Stück seiner eigenen Lösung vorzutragen. Ich weiß, dass es diesen Kodex der Freiheit der Wissenschaft gibt, dass das Wissen allen zugänglich sein soll und so weiter, doch ist es ja wohl eine freie Entscheidung des denkenden Individuums, wie und in welchem Maße es seine selbst entwickelten Ideen nach außen bringt. Natürlich fußen meine Gedanken auf den Ergebnissen vieler großer oder weniger großer anderer Wissenschaftler vor mir und zum Teil auch neben mir – das hinderte mich aber nicht daran, mein gesamtes Wissen zunächst für den Zeitraum bis zur Veröffentlichung meiner Doktorarbeit zurückzuhalten. Das erschien mir logisch: Wer gräbt sich schon selbst das Wasser ab, mit dem er die Felder bewässert, auf denen die Früchte seiner Arbeit gedeihen sollen?

Es war ein strahlender, viel zu warmer Tag im April und bereits morgens um zehn Uhr stiegen die Temperaturen auf ungewöhnliche zwanzig Grad Celsius. Es stand eine dieser monatlichen Versammlungen an und ich musste feststellen, dass sich unter die zwölf Mitarbeiter des Lehrstuhls, von denen zwei auf unterschiedlichen Vortragsreisen waren und einer anderweitig verhindert war, zwei Gesichter gemischt hatten, die ich vorher noch nicht gesehen hatte. Professor Niemann freute sich mehr als sonst und hatte sich mit den beiden umgeben. Er flüsterte vor allem mit der Frau, die mir unweigerlich ins Auge stach, da sie einen durchdringenden Blick aus ihren dunklen braunen Augen besaß. Das war der Moment, als ich Caroline das erste Mal begegnete. Bevor ich als Eröffnung meinen Vortrag beginnen sollte, war es gebräuchlich, dass der Chef des Lehrstuhls einleitende und organisatorische Kommentare von sich gab. Er begrüßte alle Anwesenden und stellte die beiden vor: »Des Weiteren haben wir heute zwei Gäste vom Institut für Soziologie hier. Frau Dr. Caroline Kleever und Herr –«, umständlich nestelte er mit seinem Zettel herum, bis diese Caroline sich zu ihm beugte, ihm lächelnd etwas zuflüsterte und er fortsetzte: »Entschuldigung, und Herr Görz. Beide arbeiten an statistischen Modellbildungen zu verschiedenen gesellschaftlichen Spannungsfeldern sowie deren Simulation. Dazu möchte man graphentheoretische Ansätze nutzbar machen, um die Effizienz der Simulationen zu steigern.« Dann richtete er seine allgemein an die Anwesenden gerichteten Worte mit dem Hinweis auf meine Person und bezeichnete mich als »kompetenten« Ansprechpartner für die Problemstellung der beiden. Da hätte ich mir wirklich gewünscht, dass ich vorher gefragt worden wäre, denn diese Art der Zeitverschwendung konnte ich nicht wollen. Ich sah in einigen Gesichtern ein hässliches Grinsen huschen, was ich natürlich persönlich nehmen musste. Diese Kollegen, denen ich immer und immer wieder Hilfestellungen leistete, wenn sie nicht weiterkamen, ließen sich nun herab und lachten mich offensichtlich aus dafür, dass ich diesen Soziologie-Tross an meinen Fersen würde mitziehen müssen. Ich war enttäuscht angesichts der unverblümten Häme der Mitarbeiter, aber auch interessiert an diesem Fräulein, das mit ihren dunkelblonden Haaren, ihren wohlgeformten und weichen Gesichtszügen und ihrer schlanken, aber nicht dürren, sondern gut proportionierten Figur einen sehr ansprechenden Eindruck bei mir hinterließ. Sie war auch nicht so untersetzt, wie die kleine Magda damals. Ich schätzte sie auf etwa 1,75cm, sodass sie nur etwa fünf Zentimeter kleiner als ich war. Sie war von ausgesprochen angenehmer Natur, wie ich nach meinem Vortrag, den ich in zehn Minuten inklusive zweier kleinerer Nebenfragen durchzog, feststellen konnte. Als ich mit ihr und diesem anderen in die Cafeteria ging, um über die bevorstehenden Arbeiten zu sprechen, bemerkte ich ihren aufrechten, wiegenden Gang, der beeindruckend, nahezu majestätisch, wirkte. Sie vermittelte mir tatsächlich die Einschätzung, sie würde alles im Griff haben und den Aufgaben und Erfordernissen des Lebens mit Leichtigkeit und Souveränität gegenüberstehen. Sie machte auf mich einen vollständigen Eindruck, als ob sie perfekt sei. Es wäre gelogen, würde ich behaupten, dass mir nicht wirklich alles an ihr sehr gefiel. Es stellte sich heraus, dass dieser Begleiter von ihr nur ein Datenverarbeiter war, der sich mit der Strukturierung der zu erhebenden und der späteren Verarbeitung der simulierten Daten beschäftigte und bei weiteren Treffen nicht zwangsläufig zugegen sein müsste. Im Endeffekt würde ich die beiden bei der Algorithmierung ihrer Fragestellung beratend unterstützen. Die Umsetzung der von mir vorgeschlagenen Algorithmen in ein Programm würde der Datenverarbeiter übernehmen müssen und ich würde die Qualitätskontrolle machen. Die eigentliche

Arbeit lag aber bei der »Frau Doktor«, wie ich sie höflichst nannte, was sie mit einem herrlichen Lächeln beantwortete. Sie würde die Aufgaben definieren, die statistischen Parameter ihrer Aufgabenstellung formulieren und mir durch Görz übergeben. Später dann die Simulationsergebnisse durch denselben erhalten und auswerten und in einem schönen Papier zusammenfassen, das dann vermutlich kaum einer bemerken wird. Nun immerhin würde ich auf diese Weise auch auf einem Soziologie-Papier in Erscheinung treten, was mich freute und auch etwas belustigte. In diesem Moment, mit dieser einzigartigen Frau mir gegenüber, war der Dritte im Bunde eindeutig zu viel. Er erschien mir mehr als störend in dieser kurzen halben Stunde, in der ich mit ihr in Ruhe alles zu klären gedachte, was für das gemeinsame Projekt notwendig war. Wäre Görz nicht da gewesen, hätte ich sie sofort zum Essen eingeladen, aber diese Situation erschien mir dafür ungeeignet. Wir klärten also einige Startdetails für die Arbeit, machten einen groben Zeitplan und verabredeten uns am nächsten Tag in ihrem Büro.

Ich war überaus pünktlich bei ihr. Sie hatte Kleid an und trug diesmal ihr dunkelblondes, auf den Schultern zum Liegen kommendes Haar offen. Dies ließ sie noch viel eleganter wirken. Ihre weißen Zähne waren gerade gewachsen und wiesen auf die Anwendung einer Zahnspange in ihrer Kindheit und Jugend hin, weil ich kaum jemanden sonst kannte, der ohne Zahnspange solch wunderbar gewachsene Zähne besaß. Wenn sie lächelte, was sie sehr oft tat und wozu ich bemüht war, sie zu animieren, dann schoben sich ihre beiden Wangen nach oben und zwei perfekt symmetrisch justierte Grübchen erschienen um ihren wunderbaren Mund herum, für dessen Beschreibung mir nahezu kaum die Worte ausreichen. Ich schaffte es tatsächlich, etwas Humor in meine sonst tadellosen wissenschaftlichen Ausführungen zu legen. Etwas was ich mir selbst nicht zugetraut hätte. Ihr makellos anmutender Mund bestand aus vollen Lippen mit dezentem Rot, die sich von ihrer samtenen Haut abhoben und auf eine wahrhafte Freude verwiesen, die einen überkommen musste, wenn man diesen Mund würde küssen dürfen. Auf ihrem Dekolletee lag ein Geschmeide, dass ein wenig wie aus dem letzten Jahrtausend wirkte und die Ernsthaftigkeit unterstrich, die ebenfalls ihrem Wesen innewohnte und es hob sich die feine Kontur eines festen Busens, der nicht von zu kleinem und auch nicht von zu großem Wuchs gediehen war. Zu allem Überfluss der Ästhetik, wie sie sich in meinen Ansichten verfestigt hatte, trug diese Caroline ein geblümtes Sommerkleid. Ich spreche aus tief empfundener Ehrlichkeit heraus, wenn ich sage, dass eine Frau in einem Rock oder einem Kleid nicht etwa eine Art der Unterwürfigkeit bezeugt, sondern dass sie damit einem Kleidungsstil folgt, der ihre weibliche, ja nur natürliche Form in dem Maße verstärkt, die einem aufrichtigen Mann doch nur die Freudentränen in die Augen zu treiben vermag. An den schlanken, langen Beinen glänzte eine feine Strumpfhose und am Ende der äußerst gerade gewachsenen Beine trug sie vermutlich sehr modische mit einem halbhohen Absatz versehene Schuhe. Ich saß also diesem Fleisch gewordenen Bildnis der Schönheit, dem Ideal meiner Ästhetik gegenüber und lauschte dem nicht minder berauschenden Klang ihrer feinen, vielleicht etwas leisen, aber doch angenehmen, dialektfreien Stimme, deren Musikalität mich wohl die ganze Zeit unseres Tête-à-têtes über wohlig umspülte. Ich schlug ihr einige neue Methoden vor, die ich mir am Morgen zuvor sorgsam zurechtgelegt hatte, und fragte sie dann unvermittelt, ob ich es wagen dürfe, »die Frau Doktor« zu einem Abendessen einzuladen. Sie antwortete lachend: »Nun mein lieber Paul, wenn sie doch endlich ihre Späße mit der *Frau Doktor* lassen würden, dann könnte ich ihrem Angebot zustimmen. Nennen sie mich doch Caro, das machen alle so.« »Und wie nennen ihre Freunde sie?«, wagte ich einen weiteren Schritt. »Die nennen mich auch Caro«, lachte sie und ihre weißen Zähne leuchteten in hellem Glanz. »Gut, Frau Doktor Caro«, erwiderte ich mit einem zwinkernden Lächeln. Während sie aufstand, sich scherzhaft die Fäuste in die Seite stemmte und so tat, als würde sie wegen meines

Scherzes finster schauen, reichte ich ihr das erste Mal bewusst die Hand und spürte die filigranen, zarten Finger, die Weichheit ihrer Haut und sah mit großer Verzückung, wie die Hände in ihren schlanken, weißen Handgelenken mündeten. Durch die Nähe, in die uns der Handschlag zueinander brachte, strömte ihr feiner, blütengleicher Geruch in meine Nase. Ihre Pheromone überkamen mich, als ob sie etwas zu mir Gehörendes wären: Sie kehrten als erfolgreiche Krieger nach geschlagener Schlacht in das Heimatland zurück. Der Duft war wie der Flieder, der anfing zu blühen, dann wieder wie Rosenduft und manchmal durchwuchs die beiden Gerüche noch ein Dritter, für mich von nicht beschreibbarer Einzigartigkeit und Berauschung. Irgendwann wird man die Zusammensetzung der Pheromone und die Bedingungen ihrer Kompatibilität zwischen verschiedenen Menschen entschlüsselt haben. Dann gibt man eine Geruchsprobe ab und ein Online-Dienst findet die passenden Partner auf Grund hoher statistischer Pheromonkompatibilität. Obwohl ich von derlei rein technischen Ursachen für meine irrsinnige Verzauberung überzeugt war, überkam mich das Unvergleichliche dieses Wesen lawinenartig. Es war dieses Mal völlig anders als bei der kleinen Magda in der Schulzeit. Scheinbar geheimnisvolle Kräfte zogen mich zu Caroline. Der innere Trieb ihr zu folgen war so stark, dass ich mich nur schwerlich von ihm zu lösen vermochte. Ich war ihr mehr als zugeneigt, es schien beinahe wie Hörigkeit. Würde ich dies leugnen, so käme dies einem Selbstbetrug gleich. Ich befürchtete, dass etwas in mir zur Schwäche neigte und vermutete, bei ihr meiner Achillesferse auf der Spur zu sein.

Etwas an Caroline hielt mich gefangen und ich fühlte mich bisweilen außerhalb meiner selbst gestellt. Wie kann sich auch ein Mensch – sei sein Wille noch so frei, sei sein Denken noch so geradlinig und konsequent, sein Weltbild noch so gefestigt – gegen die Macht des Triebes durchsetzen, der sein Leben dominiert, der seine innere Uhr antreibt, der ihn in die weiten Abgründe der Irrationalität seiner Handlungen stürzt und ihn zu einem unberechenbaren Wesen werden lässt. Eine grundsätzliche Frage fuhr mir in jenen Tagen durch den Geist: Inwiefern besitzt der Mensch als das unvollständige Wesen, das er ist, überhaupt so etwas wie einen freien Willen?

X

Es war an einem Freitag um halb acht. Ich fuhr mit einem von Artur von Metzenfelder geliehenen Wagen der oberen Mittelklasse in die Liebermannstraße 13, wo Caroline die Dachgeschosswohnung eines Reihenhauses bewohnte. Telefonisch hatten wir uns auf diesen Termin geeinigt, nachdem ich bereits in der Ratszeise einen Tisch bestellt hatte. Ich wollte sicher sein, dass es kein Problem mit der Reservierung gäbe, wenn wir uns auf etwas einigten, was ich nicht zuvor abgesichert hatte. Bereits beim ersten Wortwechsel löste ich mich von dem distanzierenden »Sie«, so wie es Caroline ebenfalls tat. Die Ratszeise, dem »besten« Restaurant in Unsberg, wie mich die Metzenfelders wissen ließen, hatte ich noch niemals von innen gesehen, weil es mir aus mehreren Gründen nicht in den Sinn gekommen wäre, dort einzukehren. Zum einen hatte ich noch nie Geld zu verschenken, also auch nicht für irgendwelches unzumutbares Essen, von dem man nicht satt wird, welches dann allerdings wie ein Stillleben vor einem auf dem Tisch thront. Zum anderen war es mir einfach nicht geheuer, den so genannten »wichtigen« Unsberger Repräsentanten und Unternehmern zu begegnen. Jene Brut lebt ja in ihrer eigenen Welt, die nicht abzubilden war auf das Leben eines vernünftigen Menschen. Was wussten die denn schon? Wie man sich auf perfide Art und Weise mit so genannten »guten Freunden« umgibt, die einem dabei halfen, sich durch sämtliche versteckten Lücken des halbkorrupten Systems zu hangeln? All diese Unsberger Stadträte oder ihre Frauen hatten in irgendeiner Form ein Gewerbe inne, ein Unternehmen zu führen, das sie nach Kräften im Stadtrat mit Aufträgen, Zugeständnissen, Kompromissen zu düngen gedachten. Eine verschworene Gemeinschaft bis auf die wenigen Alternativkräfte, die sich mit ihrem linken und ökologischem Moralgeplänkel in die idealistische Bedeutungslosigkeit begaben. Das wahre Geschäft um die Macht wird in den höheren Kreisen zwischen den Unternehmern ausgemacht; dort wo mit Geld Einfluss ausgeübt wird, Imagekampagnen finanziert, Feinde ausgebootet und Freunde begünstigt werden. Das ist in der Lokalpolitik ebenso Normalität wie in der Bundespolitik. Die Ökonomie des Profits hat das Sagen in jedem Bereich; jede Bedeutung von irgendetwas ergibt sich daraus, ob es Gewinn bringend angewendet werden kann. Dadurch, dass sich alles dieser Ökonomie des Profits unterzuordnen hat, wird alles aus genau dieser Blickrichtung betrachtet. Auch meine ureigene Profession, die Mathematik, droht darüber nur noch den Profitinteressen unterworfen zu werden. Die Folgen spürt man zum Beispiel direkt auch in der Wissenschaft, wo eine Heerschar habilitierter Geldsammler bei der Wirtschaft um Forschungsgelder buhlt und dabei die Seele der Wissenschaft zu verhökern droht. Nur was Gewinn bringend angewendet werden kann, wird erforscht. Nun bin ich nicht derjenige, der sich über diesem gewachsenen und wachsenden Irrsinn den Kopf zerbricht. Viele Idealisten hingegen richten sich selbst zu Grunde, in dem sie sich gegen diese alles dominierenden Zusammenhänge stellen. Die Mächtigen aber bleiben souverän, berechnend und kühl, ihrer ureigenen Natur folgend. Diese Sorte von Menschen, überwiegend Herren, fand sich in regelmäßigen Abständen in der »Ratszeise« wieder, wo sie neueste Pläne austüftelten. Allesamt bleiben sie für mich bis heute elendes Gewürm ohne Sinn für die Wissenschaften und frei von jeglichem Empfinden für das größere Ganze. Sie beten es an, das Goldene Kalb. Und dort in ihrer »Ratszeise« waren sie unter sich, denn kein normaler Mensch würde jemals in diesen Glaspalast der Verkommenheit gehen. Es sei denn, er versucht jemanden zu zeigen, dass er bereit ist, ein Opfer zu bringen. Ich gab dieses für Caroline; war bereit dafür, mit Caroline in dieses Reich der so genannten »haute cuisine« und der verdorbenen Charaktere zu gehen und ich frage mich bis heute, warum ich mich damals dazu entschlossen hatte. Es muss der bedingungslose Trieb in mir gewesen sein. Hätte ich nicht andere Wege finden können, ihr mein Verlangen zu zeigen? Es musste dieses Opfer sein und ich weiß nicht, ob sie es überhaupt zu schätzen wusste. Ich fuhr den Wagen vor und da stand sie auch schon in der Türe. Ich hatte mir vorgenommen, so zuvorkommend wie möglich zu sein, ihr einen Gentleman der Extraklasse vorzuführen, wie sie ihn noch nicht erlebt hatte. Also stieg ich aus und ging steten Schrittes die Steintreppe auf sie zu. Ich muss gestehen, dass ich mich erst wieder an die Schuhgeräusche zu gewöhnen hatte. Meine italienischen Halbschuhe, die ich zuletzt auf der Beerdigung meines Erzeugers getragen hatte, hinterließen nämlich einen satten, hölzernen Klang, der, wie mir schien, die Aufmerksamkeit auf mich gelenkt hätte, wenn da nicht dieses wundersame Wesen meine Begleitung gewesen wäre. Ein rotes Taschentuch steckte in der Brusttasche meines dunklen Anzugs. Auf eine Krawatte verzichtete ich, um es mit der Förmlichkeit nicht zu übertreiben. Sie hingegen sah wirklich aus wie eine wahre Königin, eine Queen aus den goldenen Zwanzigern. Es war ein Fest für die Augen, für alle Sinne. Mit jeder unserer Begegnungen wurde sie attraktiver und interessanter für mich. Doch dieses Mal war ich beinahe der Sprachlosigkeit nahe. Sie hatte ihre Haare hochgesteckt und ein schwarzes Abendkleid aus Satin mit einer Stola um ihre Schultern gelegt, wie sie im zweiten Jahrzehnt des 20. Jahrhunderts in Mode waren. Dazu trug sie, zum Kleid passend, unterarmlange Handschuhe in Schwarz. Ich nahm ihre beiden Hände in meine, küsste sie auf die Wange und flüsterte ein gehauchtes »Hallo!« in ihr Ohr. Die Augenlider waren geschlossen, als mir ihr bereits ausgiebig beschriebener Geruch unter ihrem Parfüm in die Nase strömte. In der Bewegung von ihr weg schaute ich sie kurz von Kopf bis Fuß an und nickte ihr mit den Worten »Du siehst wundervoll aus!« meine aufrichtige Begeisterung zu. Sie lachte nun noch mehr und antwortete: »Ach Paul, du schaust auch sehr gut aus. Lass uns essen gehen, ich habe Hunger!« »Natürlich!«, antwortete ich knapp und wies mit meiner rechten Hand die Richtung zum Wagen. War diese Frau eine solche Verzerrung meiner Selbst überhaupt wert? Wieso war ich außer Stande mich wie Paul Schmidt zu verhalten. Ich war in ihrer Gegenwart ein anderer. »Wie war dein Tag?« Ich drehte den Kopf während der Fahrt zu ihr, sie hingegen sprach wohl mit der Frontscheibe, denn ich sah nur ihren Ohrring in der Mitte ihres Seitenprofils glitzern. Ich erzählte ihr von unserer Sitzung am Lehrstuhl, wollte sie allerdings nicht mit Details langweilen und fragte sie zurück, was sie denn getan hätte heute? »Heute habe ich einen Urlaubstag genommen, um den Kopf etwas freizukriegen und habe mir dabei dieses Kleid gekauft. So kann ich mich ganz gut entspannen, beim Einkaufen. Gefällt es dir?« Die typische Frage einer Frau, auf die in den meisten Fällen eine ernsthafte Antwort des Mannes fehl am Platze ist, ja eine beliebige Antwort oftmals nur falsch sein kann. In meinem Fall blieb ich konsequent aufrichtig und entgegnete ihr: »Deine ohnehin atemberaubende Schönheit ist durch dein Abendkleid um ein Vielfaches gestiegen; glaub mir, ich bin wirklich begeistert!« »Du Charmeur! Ich habe es mit meiner Freundin Elli in der Boutique am Markt gekauft. Es war recht günstig, es hat nur –« »Caro, entschuldige, wenn ich dich unterbreche, aber ob der Preis dieses wunderschönen Kleides hoch oder niedrig ist, ist doch ohne Belang. Wichtig ist, dass es dir gefällt. Ja, und mir gefällt es ohnehin!« Sie schwieg drei kurze Blickwechsel zwischen ihrem Seitenprofil und der Fahrbahn. »Wie weit ist es noch bis zu dem Restaurant?«, fragte sie.

Nach Unsberg ist Caroline zu Beginn ihrer Promotion gekommen, vor etwa vier Jahren. Dass sie in dieser Zeit kaum etwas anderes gesehen hat, als ihre Bücher, die Universität und ihre Kollegen am Institut für Soziologie, kann Grund dafür sein, dass sie sich praktisch nicht besonders in Unsberg auskannte. Den Erkundungsdrang, oder gar Zwang, wie es mir bei Magda bisweilen schien, den gab es bei Caro offenbar nicht. Was mich bei der kleinen Magda gestört hatte, konnte hier somit nicht zum Problem erwachsen: die ständige Reiselust in ferne

Städte, zum Kennenlernen dieser oder jener Sehens-
würdigkeit. Das langweilte mich und kostete wertvolle
Zeit. Damals mit Magda hatte ich die Fronten schnell ge-
klärt und Magda verstand, dass ich auch nicht durch sie
gezwungen werden könnte, mich von meiner Arbeit ab-
zuwenden, um mir irgendein neu eingeweihtes Denkmal in
irgendeiner Großstadt anzusehen. Das Verlangen in mir
schien einfach nicht angelegt zu sein. Mit Caro verhielt es
sich anders. Sie wollte gar nicht weg. Sie hatte diese Stelle
hier und ihr gefiel es wohl auch in Unsberg. Nach allem,
was ich mitbekommen hatte, war sie auch alleinstehend.
Für mich galt es einfach, diese Frau von mir zu überzeugen
und sie mit mir zusammen zu wissen. Ich wusste das vom
ersten Tag an, doch ich ahnte nicht, wie sehr ich mich
damit in die Bredouille bringen würde.

»Noch circa 15 Minuten Fahrtzeit, wir werden
rechtzeitig um 20 Uhr da sein.« »Du bist so genau, so
detailliert, so überzeugend!« »Ich schätze das bringt die
Mathematik mit sich. Doch war ich eigentlich schon immer
so. Was hat dich zur Soziologie gezogen?« »Anfangs
wollte ich nur Gutes tun, doch mit dem Studium stellte ich
fest, dass man mit der Soziologie doch eher verwaltet und
beschreibt, als etwas wirklich Konkretes, unmittelbar
Wirksames zu schaffen, zu verbessern – wie man es sich
erhofft. Aber die Arbeit sowie die damit verbundene
Denkweise lag mir. Am Ende blieb ich dabei.« »Das ist wie
in der Mathematik. Man erforscht die Grundlagen und
erweitert und verbessert sie. Andere Wissenschaften inklusive der angewandten Mathematik können dann darauf
zurückgreifen und wiederum Zusammenhänge erforschen.
Irgendwann am Ende der Forschungskette, teilweise auch
mittendrin, werden sie dann aufgenommen und in Fass-
bares umgesetzt, was den Menschen schließlich nützt, ja
Nutzen bringt!« »Willst du das, Paul?« »Was meinst du?«,
frage ich sie. »Ich meine, Menschen zu helfen, ist das ein
Grund für einen Mathematiker, sein Fach zu studieren?«
Ich wusste nicht so recht, worauf sie mit der Frage ab-
zielte. Ich musste überlegen, was ich nun sagte. Durch ein
lang gezogenes »Ja –« versuchte ich mir Zeit zum Über-

legen zu verschaffen. Sagte ich jetzt die Wahrheit, dass mir
die Menschen im Lichte meiner Arbeit eigentlich egal sind,
weil ich pure Freude an der reinen Wissenschaft besäße
und dies meine Triebfeder sei, so würde sie mich möglicherweise abweisen. Würde ich ihr jetzt erzählen, dass
ich mit meiner Arbeit den Menschen helfen will, dann
wäre dies Musik in ihrem Ohr, aber eine Lüge säße fortan
in meinem Kopf. Ich wollte Caro nicht belügen. Ich wollte
sie von mir überzeugen! Ich besann mich:»Nun, Menschen
haben mir immer wieder böse zugesetzt, daher habe ich
nur Interesse an einzelnen Menschen, die mir geholfen
haben, die mich gestützt haben, so zu sein, wie ich heute
bin. Ich bin stolz auf meine Leistung und das meiste verdanke ich nur mir. Doch einzelne Menschen waren mir
wichtig. Auch für sie arbeite ich. Aber nicht für alle
Menschen, schon gar nicht für jene, die mich oftmals
herablassend oder gehässig behandelt haben, oder mir
nichts zutrauten.«»Oh Paul, das kenne ich.« Offenbar traf
ich einen wunden Punkt bei ihr und ich erlag der Ver-
suchung herauszufinden, was sie damit meinte. Bevor ich
die Frage formulierte, antwortete sie selbst:»Mir hat man
immer abgeraten, in der Soziologie zu bleiben, überhaupt
erst dieses Fach zu studieren. Dann wird nichts aus dir,
hieß es da und derlei ähnliche Reden. Alles vergangen und
vergessen, sage ich! Sie hatten nicht recht, und wenn ich
früher versucht habe, ihnen ihren Fehler zu beweisen, indem ich mich beinahe verbissen in das Studium vertieft
habe, so weiß ich doch heute, dass dies nicht notwendig
ist. Weißt du, Paul, die meisten Menschen versuchen doch
nur, dich von deinem Weg abzubringen, weil sie sich dann
selbst nicht ganz so übervorteilt fühlen. Vor allem die
Eltern wollen nicht, dass du sie verlässt. Das ist mensch-
lich, glaube ich. Doch ich mache meine Arbeit jedenfalls in
der festen Hoffnung für alle Menschen etwas zu bewirken.
Das ist so ein Ding mit dem Humanismus. Was bedeutet
Humanismus für dich?« Ich fühlte mich durch ihre Frage
leicht unter Druck gesetzt. Ich entschied mich für die
Definition aus einem Lexikon, die ich noch ungefähr
kannte.»Nun, es bedeutet ja, dass die Menschen sich nicht

gegenseitig umbringen sollen. Gewaltverzicht und Toleranz.« »Ja, es ist das Streben nach Menschenwürde und Menschlichkeit. Das möchte ich mit meiner Arbeit beflügeln. Ich weiß, es hört sich naiv an und in Anbetracht der Ungerechtigkeiten auf dieser Welt –« »Du, ich hab ein afrikanisches Sprichwort gehört. Es lautet: Viele kleine Leute, an vielen kleinen Orten, die viele kleine Dinge tun, werden das Antlitz dieser Welt verändern.« Ich wusste nicht, warum mir diese Worte entfuhren. Die Tante sprach aus mir. Caro antwortete nicht, sie nickte nur stumm. Ausgerechnet ein Sprichwort, das die elende Tante mir ins Gedächtnis gepflügt hatte, vermochte bei dieser Caroline eine Nachdenklichkeit zu bewirken, die wohl keine noch so interessante naturwissenschaftliche Erläuterung bewerkstelligt hätte. Ich fand das ausgesprochen bedenklich. Wir näherten uns dem Restaurant. Ich parkte den Wagen in der Tiefgarage des angrenzenden Einkaufskomplexes und führte Caroline zum Essen. Dabei bemühte ich mich stets, die erwähnten gehobeneren Benimmregeln zu befolgen. Ich hielt ihr die Türen auf, kommentierte meine Handlungen oder antwortete auf ihre Dankesworte mit »natürlich«, »selbstverständlich«, »es war mir ein Vergnügen« oder »bitte schön«. Ich begann darin aufzugehen und ein Außenstehender hätte beinahe meinen können, ich würde mich in dieser Rolle wohlgefühlt haben. Innen wurden wir von einem Oberkellner an unseren Tisch geleitet, der in einem Separee umgeben von Grünpflanzenranken stand. Zur Straße hin sowie zum hinteren Teil des Restaurants, der zu einer Art Wintergarten, einem überdachten Biergarten führte, waren Glasscheiben eingesetzt, die vom Boden bis zur Decke reichten. In das Glas waren ornamentale Verzierungen eingefügt, die den Rankengewächsen nachempfunden schienen. Oder ist das Grünzeug etwa nach den Ornamenten gezüchtet worden? In diesem Laden war beides möglich. Der Oberkellner, ein arrogant wirkender, vielleicht 35-jähriger in einen Kellnerfrack gesteckter Snob mit Oberlippenbärtchen und streng gescheiteltem schwarzen Haar, bediente uns. Auf seine Empfehlung hin nahmen wir zu meiner Ente in

Orangensoße, die »Canard à l'orange« genannt wurde, und ihrem »Poulet à la bayonnaise«, dem bayonneser Huhn, einen kräftigen Bordeaux, von dem sich mir vor allem der Preis eingeprägt hatte. Als Vorspeise wurde uns eine »soupe aux champignons« gebracht, die gar nicht mal so schlecht war und als Nachspeise gab es »Mousse au Chocolat«. Alles in allem stellten sich meine Vorbehalte gegenüber dem Essen als übertrieben heraus, die Vorurteile gegenüber den Gästen jedoch nicht. Es war genauso, wie mir gesagt wurde. Einige dieser feinen Herren, die sich Unsberg in ihre Wirtschaftszonen aufteilten und zu ihren Gunsten auszupressen gedachten, schlürften hier gemeinsam Weine oder Champagner. Nur spärlich jedoch waren Menschen zugegen, denen man das Attribut »normal« zuweisen konnte. Es waren doch einige Paare anwesend, die dem so genannten gehobeneren Stand zuzuordnen schienen. Die relative Abgeschiedenheit in jenem Separee störte mich nicht – im Gegenteil: Es wurde immer gemütlicher, angenehmer und reizvoller. Ich lockerte mich spürbar. Im Kerzenschein verwandelte sich meine wunderbare Begleiterin in ein engelsgleiches Wesen, dessen funkelndes Augenpaar mir in seiner Tiefe auch heute noch vor dem geistigen Auge schwebt, und mir gemeinsten Schabernack spielt. Da brannte ein Feuer in unseren Blicken, was sie bei mir auch gesehen haben musste. Wir unterhielten uns über verschiedene Belange, die ihr Projekt betrafen, glitten dabei aber immer wieder in philosophische Diskussionen hinein, in denen ich eine mir plausibel erscheinende Definition vorbrachte oder aus meinem Wissen heraus zitierte. Sie wollte diese daraufhin mit Beispielen und immer wieder mit nahezu hoffnungsloser Sozialromantik ausfüllen. Das ist im Grunde etwas, was ich insbesondere seit der Zeit mit der elenden Tante zutiefst verachtete. Jedoch bei jedem Wort von Caroline sah ich nur noch ihr Gesicht, die zart gegliederten Konturen, die kleinen, wohl situierten Pölsterchen in den Wangen, ihre weichen, braunen Augenbrauen, dieser immer wieder aufleuchtende Blick, ihr weißes Lächeln, die Grübchen, die zarten Bewegungen ihres Mundes, während sie sprach oder aß. Nach dem Essen blieben wir noch Stunden sitzen, denn ich war ja der Fahrer, was mich nicht davon abgehalten hatte, zwei Gläser des Bordeaux zu trinken. Nach dem Essen trank ich nur noch Wasser und der leichte Rausch schwand, die Begierde auf das, was vor mir saß und mich so beeindruckte aber nicht. Was war mit mir geschehen? Es muss der Trieb gewesen sein, wahrlich!

Sie bestand darauf, dass es ein wunderbarer Abend gewesen war, als wir das Restaurant verließen. So sah ich es auch, jedoch war diese Ansicht allein ihrer Anwesenheit geschuldet. Das Essen schmeckte trotz der hoch gelobten französischen Küche recht überwürzt, war zwar von ausreichender Menge, jedoch hoffnungslos überteuert. Von diesen Kosten hätte ich problemlos zwei bis drei Wochen sehr gut selbst kochen können. Nun, ihr hat es gefallen und auch der Wein war ausgesprochen exquisit, was man auch verlangen konnte bei einem Preis von fünfunddreißig Euro pro Flasche! Meine vorbereiteten Bemühungen, mich mit so genannten »gehobenen Umgangsformen« auseinanderzusetzen, waren ebenfalls, so denke ich, von einem nicht zu unterschätzenden Erfolg gekrönt. Ich bemerkte, dass sie meine Mühen anerkannte, wohl auch wegen meiner konsequenten Weise ihrer Durchführung. Es erwärmte ihr wohl das Herz, wie eine Prinzessin behandelt zu werden. Ich glaube, fast jede Frau ist mit dieser Sehnsucht versehen. Es drängte mich zu der Vereinigung mit Caroline, in mir erwachte das Tier, der Trieb verschlang mich förmlich, sodass ich auf der Rückfahrt zu ihrer Wohnung, in der sie allein lebte, mir des Öfteren auf die Lippen biss und in meinem Kopf so allerlei wirre Phantasien entstanden. Als sie mich danach fragte, ob ich noch einen Kaffee trinken möchte, sagte ich nicht, dass ich gar keinen Kaffee trinke. Ich folgte ihr nach oben in ihr Apartment im Dachgeschoss und wir lebten den uralten Traum.

XI

Als ich erwachte, lag dieses wunderbare Wesen neben mir in diesem riesigen, altmodischen Metallpfostenbett.

Caroline war einigermaßen frankophil, wie ich inzwischen feststellte, denn überall hingen französische oder französisch wirkende Kunstdrucke herum. An der Tür zum Bad und am Eingang zur Küche hingen Emailleschilder, die im Stil der französischen Boheme auf die jeweilige Verwendung des Raumes verwiesen. Ein Bücherregal hatte sie sogar im Schlafzimmer. Die Namen französischer Autoren, so ich sie denn gedanklich korrekt auszusprechen vermochte, sagten mir allesamt nichts. »Müssen sie auch nicht!«, dachte ich mir und schmiegte mich an Caro, die mir ihren Rücken zuwandte. Ich umfasste ihren Körper, was sie mit einem hörbaren Atmen und einem sanften Seufzer quittierte, den ich wohlwollend deutete, und kam mit meinen Händen auf ihren Brüsten zu liegen. Sie wiederum atmete hörbar tiefer und presste leicht, aber für mich nicht ohne Folgen, ihren Rücken und Gesäß an mich heran. Meinen Kopf versenkte ich in ihrem Haar und ihr Duft, der naturgemäß in diesen Räumlichkeiten omnipräsent war, mir so jedoch noch mehr in den Geist rauschte, wies meine Hände zum freien Spiel mit den weichen und gleichermaßen festen Inhalten, die ihnen anvertraut waren. Durch das Fenster fielen die weichen warmen Sonnenstrahlen jenes Samstagmorgens, an dem ich den letzten Rest meiner Überzeugung an Caroline verlor. Diese Überzeugung, die mich mein Leben lang begleitet hatte – ich verlor sie vollends in diesem Eisenbett mit dieser weißen Federbettwäsche, auf die die Bündel der Sonnenstrahlen ihr Licht ergossen, so wie ich für Caro, für sie, in ihr, mein Licht vergab. Nach dem körperlichen Höhenflug, den ich in dieser Intensität noch niemals so gespürt hatte, erhoben sich in mir tiefe Zweifel, als ich in meine Wohnung zurückkehrte und an dem alten Tisch saß, an dem mich meine Mutter einst die wichtigsten Worte meines Leben gelehrt hatte. Meine eigene Meinung, meine felsenfeste Überzeugung war nun gelenkt, war gefasst von dieser Caroline und gebunden. Ich spürte, dass ich unfrei geworden war, trotzte jedoch dem Trieb, der mir diese Regeln wies, keinen Deut ab. Ich war dazu nicht fähig. Als ich an diesem alten Tisch saß, fuhren mir die Erinnerungen des letzten Abends, der vergangenen Nacht und des Morgens durch die heiße Stirn. Mein gesamtes Denken war bei Caroline, die meinen Geist hexenhaft gefangen hielt. Kein Gedanke war an die Wissenschaft möglich, weil mich der Trieb besaß. Ich erkannte diese Situation klar, doch war ich nicht imstande, etwas dagegen zu unternehmen. Es war eine schmerzvolle Gewahrwerdung der Handlungsunfähigkeit. Wie sollte es nur weitergehen? Ich war sprichwörtlich »außer mir«.

Samstag. Sonntag. Mein Telefon klingelte. Es hatte bisher fast niemand angerufen, außer jemand vom Institut und selbst das nur äußerst selten, da ich ja praktisch den gesamten Tag über in meinem Büro war. Es klingelte und es war Sonntag. Den gesamten vorherigen Tag habe ich in meinem Bett verbracht; habe versucht einige wissenschaftliche Arbeiten durchzulesen, um mich dann erfolglos dem Abdriften meiner Gedanken an Caroline ausgesetzt zu sehen. Die Vorhänge hatte ich geschlossen, Musik hielt ich ohnehin in meiner Wohnung für nutzlos und dass ich mich nicht der entsetzlichen Bilderflut der Medien- und Konsumgesellschaft, die durch das Fernsehen in die Köpfe gestampft wird, aussetzen würde, ist einer sehr frühen Erkenntnis meinerseits erwachsen. Das Klingeln wollte nicht enden und nach dem zwanzigsten Mal wurde es in meinen Gehörgängen derartig penetrant, dass ich mein Gesicht in das blaue Karomuster meines Kopfkissens presste und die überstehenden Seiten desselben auf meine Ohren drückte. Dabei erzeugte ich ein tief-frequentes Summen, was sich über den Schädelknochen sehr gut ausbreitete und das Klingeln des Telefons übertönte. Ich wusste, dass es Caro war. Ich hatte ihr nichts zu sagen. Rein gar nichts. Alle meine Gedanken waren schon bei ihr, sollte ich das verfestigen, in dem ich auch noch mit ihr Worte austauschte? Nein. Nein! Am nächsten Tag musste ich ihr sowieso begegnen, denn es war ein »Projekttreffen« anberaumt, zusammen mit ihrem Herrn Görz, jenem tumben Datenverarbeiter, einer Maschine, die in ihrem bleich-blassen Teint jenes Spezialwissen vereinte, dass man benötigte, um mit anderen Maschinen geeignet kommunizieren zu können. Ein Blechmensch, der sich offensichtlich der Maschine näher fühlt als sich selbst. Was für ein armseliger Narr, könnte man meinen! Doch nun fühlte ich mich ihm ähnlich. All mein Denken war so einseitig ausgerichtet – ich konnte einfach keinen klaren Gedanken fassen. Schloss ich meine Augen, so dauerte es keinen Augenblick und vor mir formte sich ihr Lächeln, ihr Mund in Nahaufnahme. Ein Zoom auf den kleinen Bogen an der Oberkante ihrer Oberlippe, dabei ihr Atemhauch – nur dieses Geräusch – alles andere ausgeblendet. Dann die braunen Augen, in denen das Kerzenlicht tanzte und die zarten, schlanken Hände, auf die sich ihr Kinn stützte und ihr Kopf, den sie beim Zuhören leicht zur Seite neigt. Der abgespreizte kleine Finger ihrer rechten Hand winkte mir. Zoom heraus. Dann wieder ihr Lächeln und die Grübchen, in denen sich Symmetrie und Unendlichkeit vereinen. Ich öffnete desillusioniert die Augen und fing an zu lesen. Ein Satz, zwei Sätze, drei Sätze. Was las ich eben? Satz zwei – unbekannt. Satz eins – ebenfalls unbekannt! Himmel, also noch einmal. Ich las und las und jedes Mal glitt ich ab vom Thema. Die sonst so strenge Konzentration war völlig dahin. Ich gab auf, warf das Papier auf den Schreibtisch zurück und beschloss mir ein Bad einzulassen. Das Wasser rauschte wohltuend, »Fichtennadel« prangte auf der Schaumbadflasche. Doch selbst einfache Handlungen waren mir zuwider und belasteten mich. Das Öffnen der Flasche, das Verschließen derselben, das Prüfen der Wassertemperatur, dabei das Beugen über den Badewannenrand der Emaillewanne, in der ich bereits als Kind meine Bäder genommen hatte. Als ich in das heiße Badewasser glitt, schloss ich die Augen und konnte für einen kurzen Moment so etwas wie Befreiung fühlen. Als ich die Augen öffnete und wieder schloss, fand ich mich neben Caro wieder. Ich fühlte mich körperlich um wenigstens dreißig Jahre gealtert. Alles fiel so schwer, jede Handlung, jede Art von Denken, alles war viel schlimmer geworden, seit ich diese Frau kennen gelernt und mit ihr eine Nacht und einen Morgen verbracht hatte. Was hatte sie nur mit mir gemacht?

XII

Da ich zuhause kaum in den Schlaf fand, saß ich in meinem Büro und schlief mit offenen Augen. Ich spielte mit dem Kugelschreiber, bis sich dessen aufgeklebte Werbung für ein Mathematik-Journal löste und ich kaute stundenlang auf einem Bleistift herum, bis ich mich beim Geschmack von Graphit daran erinnerte, dass es Zeit war, nachhause zu gehen. Während des gesamten Tages schwebte mir ausschließlich Caros Gesicht vor und selbst beim Mittagessen mit den Witze reißenden Kollegen konnte ich mir nur ein gequältes Lächeln erzwingen, weil sich die Gedanken nur kurz, aber nicht wirklich grundlegend von Caro entfernten. An das Gesprochene kann ich mich überhaupt nicht mehr erinnern. Die Frage, die ich mir immer und immer wieder stellte, war, wann dieser Zustand endlich ein Ende finden würde. Einen Tag zuvor fand unser Treffen des Projektes wegen statt. Ich war zum vereinbarten Termin bei ihr, doch der Datenverarbeiter war noch nicht eingetroffen, und so küsste sie mich auf die Wange. Stromstöße der Erinnerung an ihre Bettwäsche durchzuckten mich und kochendes Blut klopfte einen Takt im Stakkato in meinen Schläfen. Sie schaute mich ungläubig an, als ich »Hallo« sagte und sie dabei nur sehr kurz anblickte. »Stimmt was nicht, Paul?« »Nein, nein!« Ich räusperte mich kurz und kratzte mir dabei mit meinem Zeige- und Mittelfinger an den Schläfen. »Nein, es ist alles in Ordnung. Hast du ein schönes Wochenende verbracht?« »Nun ja, ich habe dich ja versucht anzurufen. Am Samstag zweimal und am Sonntag dreimal. Du warst wohl nicht da, oder?« »Ja, also ich war bei Metzenfelders am Sonntag«, log ich ihr notgedrungen vor. »Und am Samstag war ich eigentlich die meiste Zeit da, aber ich habe viel geschlafen.« »Ja dann. Ich wollte eigentlich am Sonntag mit dir zu einer Ausstellung über fraktale Kunst in der Galerie Minkowsky gehen. Du hattest mir erzählt, dass dich das sehr interessiert, weißt du noch?« »Ich erinnere mich«, antwortete ich ihr und fügte hinzu: »Wie lange findet die Ausstellung noch statt?«

Auch jetzt war ich nicht in der Lage, ihr zu sagen, dass ich meine Arbeit vernachlässige, dass ich kaum mehr klar denken kann. Alles in mir ist zusammengestürzt und ihr Anblick, selbst vor dem geistigen Auge, zerfurchte mir meine Stirn in grüblerischer Manier. Das Lächeln, das ich versuchte aufzusetzen, muss sehr unglaubwürdig gewirkt haben. »Paul, was ist los? Das sehe ich doch mit verbundenen Augen, dass mit dir etwas nicht stimmt!« »Es ist nichts!«, bestand ich und schon klopfte es an Carolines Bürotür und der Datenverarbeiter trat ein. Diese Situation war gewissermaßen vorübergehend gerettet, aber doch nur aufgeschoben. Sie würde vermutlich später erneut fragen, was los sei und dann müsste ich eine Antwort parat haben. Der Datenverarbeiter entschuldigte sich umständlich für die – ich schaute auf die Uhr – fünf Minuten, die er zu spät erschien. Offenbar ist Unpünktlichkeit seine Sache nicht, was ich mir sehr lobe. Normalerweise. Ich hatte neuerdings selbst Probleme, meine Termine einzuhalten. Laufend kam ich vom Thema ab, wenn ich in Gedanken begann, hinfort zu gleiten und im Geiste diverse erlebte Situationen mit Caroline erneut aufleben zu lassen.

Das Lächeln auf Caros Gesicht war verschwunden, seit sie mich so grüblerisch gesehen hatte. Was sie wohl dachte? Sicher konnte sie sich nicht vorstellen, dass ich mir nun Gedanken über meine Zukunft machte; dass ich befürchtete in der Mathematik keine Fortschritte mehr erarbeiten zu können, ganz einfach deshalb, weil mir die Konzentration abhandengekommen war. Wie sollte sie auch begreifen können, dass sie die Verantwortung für meine geistige Instabilität trug. Ein Fehler, den ich machte, nämlich mich vom Trieb zu dieser Frau drängen zu lassen, begann meine Lebensumstände völlig auf den Kopf zu stellen. Nachdem wir die Besprechung beendeten, die wie jedes Mal zielorientiert betrieben wurde und neue Richtlinien und Aufgaben für uns drei hinterließ, schickte ich mich an, wie der Datenverarbeiter auch, das Büro zu verlassen. Da geschah, was ich zunächst befürchtet hatte, und Caro bat mich, noch zu bleiben. Doch sie redete nicht los, um von mir zu erfahren, was mit mir los war. In ihren Augen blitzte es auf. Was dann geschah, lief für mich einem Film gleich ab. Ein Film, in dem ich Protagonist und Zuschauer gleichermaßen war. Sie kam auf mich zu und lachte mich an. Sie umarmte mich und hielt dann meinen Kopf zwischen ihren schlanken Händen fest. Sie flüsterte: »Komm zu mir!« Ich stand da wie gelähmt. In mir klopfte das Blut, das zusammenlief, als sie sich an mich drückte und ich ihre Weichheit an meiner empfindlichsten Stelle spürte, worauf sich an ihr sofort das Blut sammelte. Kurz ließ sie ab von mir und drehte den Schlüssel der Bürotür um. In diesen kurzen Sekunden, in denen ich noch einmal versuchte meine Situation zu begreifen und ich nach Worten verzweifelt-hilfloser Ablehnung rang, wurde mir plötzlich bewusst, dass ich dem Folgenden nicht würde entrinnen können: jenem Treiben, das ich seit meiner ersten Begegnung mit Caroline so herbeigesehnt habe. Ein tiefer Wunsch, der sich nach unserem Abendessen erfüllte und hier nun seine Fortsetzung finden würde. Nun bekam ich, was ich ursprünglich wollte. Sie drückte mich gegen die Wand und sank vor mir langsam auf ihre Knie. Ich fühlte mich gefesselt, gebannt und wiederum zur Abhängigkeit verdammt. In mir rauschten ganze Wasserfälle der Ekstase hinab und in meinem Kopf begann sich, alles zu drehen. Als ich ihr nach einigen Minuten zu verstehen gab, dass ihr Wirken auf einen sicheren Ausgang zusteuerte, den ich in mir mit aller Macht emporsteigen spürte, klopfte es an die Tür und nach kurzem Augenblick sahen wir innehaltend, wie die Türklinke heruntergedrückt wurde. Dann wurde es wieder still – und Caro setzte in ihren Bewegungen fort, als ob nichts geschehen wäre! Meine innere Anspannung war in einem solchen Maße angewachsen, dass ich nicht länger zurückhalten konnte, was ich ohnehin nicht aufzuhalten vermochte. Ich gab ihr zu verstehen, dass ich mich jetzt in dem Zustand befände, in dem jede weitere Handlung nicht ohne ihre natürlichen Folgen bleiben würde. Sie lachte mich nur kurz neckisch an und setzte dann in einem noch viel stärkeren Maße ihre Bewegungen fort. Fäuste ballen. Augen schließen. Kopf zurückwerfen. Explodieren. Orbit. Sie verlassen nun die Milchstraße. Alles fiel von mir ab; ich geriet in einen Strudel vollkommener Gelöstheit; absolute Freiheit, die gänzliche Perfektion durchdrang meinen Körper und Geist für den Bruchteil eines Augenblicks. Und dann: Telefonklingeln. Das verdammte Telefon auf Caros Bürotisch klingelte. Sie stand auf. Ich sagte ihr, dass ich gehen müsse. Sie fragte mich, wann wir uns wieder sähen. Ich antwortete ihr, dass ich sie anrufen würde. Sie sagte: »Okay«, und trank einen Schluck Wasser. Ich zog meine Hose über die verbliebene, langsam schwindende Verhärtung hoch. Sie nahm den Anruf entgegen. »Ja, ich bin jetzt da«, sprach sie völlig unschuldig in den Hörer und ich flüsterte: »Tschüss!« Lächelnd und winkend zuckte sie mit ihrer rechten Augenbraue gleichzeitig viel- und nichts sagend. Ich drehte den Schlüssel herum. Leise, Leise. Ich sondierte den Gang mit kurzem Prüfblick und verließ das Büro sehr schnell. Dann lief ich aus dem Gebäude und ging in die Stadt. Ich suchte mir ein Café und bestellte ein Kännchen grünen Tee. Die Sterne, die ich eben noch sah, verschwanden nun langsam, aber mit Bestimmtheit. Ich legte den Kopf in meine Hände, die Ellenbogen waren auf das weiße Tischtuch gestützt. In mir breitete sich eine unglaubliche Leere immer weiter aus. Das Atmen fiel mir schwerer und schwerer. Wieso kann ich mich nicht wehren, gegen die Dinge, die mich so beeinflussten und nun zu verschlingen drohten? Ich bemerkte diese lähmende Verachtung mir selbst gegenüber aufsteigen. Die eben noch gefühlte Leere sog nun offenbar eine tiefe Abneigung auf, die ich in dieser Form niemals zuvor erlebt hatte. Es formte sich ein stärker werdender Druck auf meiner Brust, mein Nacken schmerzte plötzlich und aus dem Klopfen und Dröhnen in meinem Kopf erwuchs ein stechender Schmerz. Ich zahlte, fuhr nachhause und rief die Sekretärin von Niemann an und erzählte ihr, dass ich mich krank fühle und heute nicht mehr in mein Büro käme. Sie wünschte »Gute Besserung«. Ich nahm zwei Kopfschmerztabletten, deren schmerzlindernde Wirkung ich mir sehnlichst herbeiwünschte. Ich lag in meinem Bett, nickte immer wieder ein, doch im Grunde lag ich nur wach – den gesamten restlichen Tag und die folgende Nacht döste ich so vor mich hin. Ich brauchte eine Auszeit, die ich mir am nächsten Morgen von Frau Candall einholte. Unsere Medizinerin war an die sechzig Jahre alt und immer noch eine geachtete Ärztin. Ihre Tochter wurde von Karl von Metzenfelder viel zu früh, vor allem für die heutigen Zeiten, geehelicht. Ich erhielt von ihr eine Krankschreibung, die auf Überarbeitung lautete. Ich fühlte mich tatsächlich so, jedoch nicht durch die Mathematik, meine Arbeit, sondern vielmehr durch das Gefühl der auslaugenden Entwurzelung. Ich fühlte mich stattdessen sogar zwangsgetrennt von meiner Arbeit.

Als Caro anrief und sich nach mir erkundigte, sagte ich ihr, dass ich mich nicht wohlfühlte. Nein, sie brauche auch nicht zu mir zu kommen, denn ich wollte allein sein. Sie verstand das nicht, also fragte sie im Laufe des Gespräches ganze drei Mal nach, wohl um wirklich sicher zu sein. Das Letzte, was ich gerade noch benötigte, war gerade eine Caro an meiner Seite. Ich verabredete mich für die nächste Woche mit ihr. Als sie dennoch etwa zwei Stunden später vor meiner Tür stand, war ich wieder wie gebannt und sie blieb die Nacht bei mir. Wenn sie in meiner Nähe war, wenn ich in ihr war, geriet ich in einen seltsamen Sog, der mich auffallend kräftigte. Caro musste gemerkt haben, dass ich mich zuvor verstellte, so glaubte ich, aber während unserer Zweisamkeit veränderte ich mich. Ich schöpfte seltsame Kraft, fühlte mich stark, offen und in meiner zweifelhaften Souveränität ihr gegenüber blieb von dem dominanteren Gefühl, das mich in der Zeit ohne sie gefangen hielt, kein Stück übrig. Es war zum Durchdrehen und nicht selten fragte ich mich, ob dem wirklich so sei – ob ich tatsächlich wahnsinnig wurde. Das ängstigte mich in größtem Maße. Ich ging irgendwann wieder in mein Büro, doch verrichtete ich keine wirklich am Fortschritt orientierte Arbeit. Ich konnte nicht.

Viele Wochen zogen so ins Land. Ich vermag sie beim besten Willen nicht zu zählen, denn in dieser Zeit, war mein Denken weitestgehend einer Fixierung ausgesetzt, die zu beeinflussen ich mich außer Stande sah. Ja, ich musste es schließlich eingestehen: Dieser Frau war ich auf Gedeih und Verderb ausgeliefert und es schien mir dabei, dass der Anteil des Gedeihens stark gegen Null tendierte. Der Verderb aber, den ich in mir fühlte, der mich von meiner Forschung fernhielt, der all mein Denken zu kontrollieren schien, war hingegen von unaussprechlicher Allmacht in mich eingedrungen. Alles, was wir beide uns faktisch zu sagen hatten, war zumeist beschränkt auf Fragen des Projektes, das Caro mit der Perfektion einer Maschine vorantrieb. Wenn etwas nicht so lief, wie sie wollte, dann redete sie solange darüber, bis eine Lösung, die vorher noch nicht erdacht war, auftauchte, oder sie verwarf den Ansatz komplett. Sie war dazu in der Lage, auch große Sprünge in ihrer Überlegung zurückzugehen, wenn diese nicht den erwünschten Erfolg versprachen. Verbissenheit in der Wissenschaft löste sie somit durch Querdenken auf. Es wurde mir klar, dass ich ihren Enthusiasmus für ihre Arbeit unterschätzt hatte. Sie hatte wirklich Kraft, Ausdauer, Konsequenz und Durchsetzungsvermögen – vor allem gegenüber sich selbst, was mir durchaus große Achtung abgewann. Ich selbst war zu Zwecken des »Caro-Projektes« von meinem Doktorvater Professor Niemann im weitesten Maße freigestellt worden und brauchte so nicht irgendwelche Ergebnisse vorzuweisen, die ich ohnehin nicht hätte erbringen können. Von Zeit zu Zeit begann sie mit philosophischen Diskussionen. Dem Klang ihrer Stimme, die sich sirenenhaft in meine Sinne legte, wohnte die Verzauberung, die Verhexung inne, die mich von mir selbst abtrennte, die einen tiefen Keil zwischen mich und meine wahre Bestimmung trieb. Ich befand mich, einer Fliege gleich, im Netz des feinen Gespinstes, dass Caro in unglaublich filigraner Weise um mich gesponnen hatte, vermutlich ohne sich dessen auch nur im Geringsten bewusst zu sein. Ich saß in der Falle und konnte keinen Ausweg aus ihr ausmachen. Wenn wir uns trafen, dann fraßen wir uns regelrecht auf. Das war meistens bei ihr, seltener bei mir. Manchmal fiel sie an den unmöglichsten Orten derart über mich her, dass ich mich fragte, ob in ihr nicht ein völlig anderes Wesen steckte, als mir bekannt war. Es ist mir dabei wohlgemerkt völlig bewusst gewesen, dass der durchschnittliche Mann über solcherlei Spielarten und die unzähligen anderen, über die zu berichten ich mich an dieser Stelle nicht befähigt fühle, im höchsten Maße auf seine Kosten kommen würde. Ich merkte es ja selbst, welche Eruptionen in physischer und auch psychischer Hinsicht das Zusammenwirken unserer beider Geschlechter zu erbringen vermochte. In dessen Verlauf war ich kaum, ja eigentlich niemals dazu in der Lage, diesem mit jedem Male andersartigen, unwirklichen, aber nicht minder vereinnahmend werdenden Fressen und Gefressenwerden auszuweichen. Doch ging die Initiative nicht nur von ihr aus. Gelegentlich geschah es, dass sie mich eher unbewusst reizte. Manchmal nämlich überkam es mich wie eine monströse Welle, wenn sie zum Beispiel auf der Couch saß und in irgendeinem Buch blätterte und hin und wieder, ihrer frankophilen Neigung folgend, aus ihm französisch zu rezitieren begann. Ihre Stimme, ihre Augen, ihr Mund, der diese Laute formte, die so weich und erregend erklangen, erweckten mich und warfen mich hinein in einen finsteren, tiefen Strudel, einem Rausch, der sie in mein Opfer verwandelte, das ich verschlang, wie ein wildes Tier, dessen gefräßiger Hunger schier unstillbar schien. Aus dem Paul Schmidt, den ich kannte, wurde ein hungriges Raubtier, ein triebgesteuertes Ungeheuer. Ich begriff bald, dass sie genau dies suchte, als sie mich dazu in immer kürzer werdenden Abständen, diesmal absichtsvoll, provozierte. Sie wünschte sich heftig ergriffen zu werden, wollte das Spiel des Gefangenseins erleben, wollte sich Loslösen von der Kontrolle und hineingestürzt werden in die lustvolle Selbstaufgabe! Sie erzeugte in mir den Eindruck, dass sie sich nach dieser Art der Behandlung sehnte und mein Nachgeben dieses Wunsches beglückte sie so sehr, dass sie so manches mal aus dem Zittern und Schreien beinahe nicht zurückzukommen schien. Ich geriet in diesen Vergessen machenden Rausch, solange wir zusammen waren. Wenn ich allein im Büro saß oder in meine kalte Wohnung zurückkehrte, deren Verwahrlosung immer offener zu Tage trat, der ich dabei aber keine Ordnung schaffende Handlung entgegensetzen konnte, dann fiel ich immer wieder in bodenlose Verzweiflung. Eine Verzweiflung, die mich bedrückte und behinderte, die mich erblindete, mich taub machte und mich entsetzte, ob dem Verfall, dem ich mir in den Phasen der Ruhe an meinem Tisch in meiner Küche meines alten Elternhauses bewusstwurde. Weil mich die physischen und psychischen Anstrengungen in einer Weise ermatteten, die meine ohnedies nicht schwächliche körperliche Konstitution zwar stählte, mein Geist sich jedoch nicht mehr aus dem Joch der Handlungsunfähigkeit befreien konnte, blieb mir der Zugang zu meinen wahrhaftigen, ureigenen Fähigkeiten fortan verschlossen; blieb mir mein rationales, unzerstörbares Ich verwehrt. Nein, unverwundbar war es nicht, sonst wäre ich nicht in diese Situation geraten, die mich Woche um Woche aufzehrte und mich wieder ausspuckte, als sei ich nicht verdaulicher Ballast. Diese Caro, sie war mein Lindenblatt, das mich verwundbar machte, als es mir im Drachenblutbad meines Lebens in den Geist fiel. Ich musste endlich beginnen zu kämpfen und das Ruder herumzureißen.

XIII

Als ich schließlich nach Monaten der Tortur Artur von Metzenfelder meine Situation erklärte, wusste ich selbst nicht genau, wieso ich gerade ihn deswegen ansprach. Nun, er war ein respektabler Zuhörer und, obwohl nicht in jeder Hinsicht weise, so doch durch seine Lebenserfahrung und seine angenehme Art sich das Gesprochene anhören zu können, ein adäquater Gesprächspartner. Außerdem hatte ich die Villa, in der ich als Kind und Heranwachsender so viel Zeit verbrachte, schon sehr lange nicht besucht. Was ich bemerken musste, als ich mit ihm sprach, war, dass ich mich niemals zuvor einem Menschen über Probleme dieser Art mitgeteilt hatte. Ganz klar, bisher waren diese Schwierigkeiten alle durch eindeutige Erklärungen beschreibbar und durch konkrete Handlungen zu beseitigen. Doch mit Caro fiel mir nichts mehr ein.

»Liebe«, bemerkte Metzenfelder in meine Ausführungen über den Verlust meiner fachlichen Fähigkeiten hinein, »Liebe ist die große Hoffnung, die in unseren Herzen wohnt und uns zu Menschen macht. Aber Liebe kann genauso ein Schwert sein, das uns die Stricke zerschneiden kann, die uns halten.« Ich schaute ihn verständnislos an. Was meinte er damit? Ich hatte dieses Wort kaum gebraucht, einmal habe ich Magda ein »Ja« zugeraunt, damit sie mit ihrer ständigen Fragerei, ob ich *sie* denn liebe, aufhörte. Ich liebte meine Mutter. Sie war mein Fixpunkt, ihr hatte ich alles zu verdanken. Sie hat mich auf die Welt geschickt, um ihr Vermächtnis in meiner Überzeugung weiterleben zu lassen. Ich liebte auch mein Bücherregal, mit all den Schätzen, die ich über die Jahre darin angesammelt hatte. Liebe. Liebe. Was ist Liebe? Ich habe mir diese einfache Frage für gewöhnlich sehr simpel beantwortet. Liebe ist doch auch ganz einfach zu erklären. Für jeden Menschen ist Liebe ein Spezifikum. Sie äußert sich für jedes Individuum in einem völlig anderen Maße und Verallgemeinerungen darüber sind so überflüssig wie falsch. Die Wahrnehmung, was oder wen man liebt, ist geprägt durch die Subjektivität des denkenden Individuums. Manche lieben daher möglicherweise auch sehr sich selbst. Ich könnte wiederum nicht behaupten, dass ich mich selbst lieben würde, allerdings respektiere ich mich voll und ganz und bin sehr stolz auf meine Leistungen. Ich finde auch nicht, dass sich Liebe zwangsläufig immer mit anderen Menschen abspielen muss. Da mag es Zeitgenossen geben, die ihr Pferd lieben, oder ihre Schildkröten, die ja bekanntlich das Alter eines Menschen erreichen können. Manche sind vielleicht in ihre Ballettschuhe verliebt, oder eben, wie in meinem Fall, in ihre algebraischen und analytischen Bücherschätze. Selbst Metzenfelder, der seine Frau schon vor langer Zeit verloren hatte und seitdem alleinstehend mit seinem Sohn Karl war, sprach nicht über *sie,* sondern über seine Kunstsammlung, die ihm alles bedeutete, oder über seine Schauspielerei. Liebe ist das Gefühl, dass eine Sache zu einem gehört, dass man selbst auch zu der Sache steht, also dass die Sache und man selbst eine symbiotische Beziehung der gegenseitigen Befruchtung, oder zumindest einer glücklichen, erfüllenden Selbstbestätigung erfährt. Diese »Sache« *kann* ein anderer Mensch sein, muss es aber nicht notwendigerweise. Verlangte Caroline dies von mir – Liebe? Hat Magda dies von mir gewünscht, wenn sie mir einen »Liebesbeweis« abnötigte, den ich weder erbringen wollte noch konnte? Caro bedeutete mir eben nicht *alles*, ich war ihr lediglich sehr hörig, ihr ziemlich arg verfallen. Ihre Reize trafen mich beim ersten Blick und sie waren sogar über bestimmte Übertreibungen ihres Gerechtigkeitssinnes, der mich kaum anzuheben vermochte, erhaben. »Das ist aber nicht das, was ich unter Liebe verstehe«, antwortete ich Metzenfelder und fügte hinzu: »Es ist fast wie eine Krankheit. All mein Denken ist auf sie gerichtet. Obwohl ich das doch gar nicht will!« »Paul. Ist das nicht das, was man unter Liebe versteht? Du spürst sie vielleicht in dir, bist aber nicht in der Lage sie anzunehmen. Möglicherweise, weil dir das Wichtige in deinem Leben abhandenzukommen scheint.« »Das ist gut möglich. In dem jetzigen Zustand kann ich kaum einen klaren Gedanken fassen, geschweige denn mich mit meiner Dissertation befassen.« »Das dauert eine Weile, doch bald wird sich dieser Aufruhr in dir legen und du wirst klarer beurteilen können, was du wirklich willst – und was sie vielleicht auch will.« Er lächelte gutmütig, während er das aussprach. Ich schaute ihn an – offenbar glaubte er wirklich daran, dass ich mich lediglich in einer überschwänglichen Phase befand, die sich wieder legen würde. Ich schüttelte nur sachte mit dem Kopf und blickte vor mich hin – entgegnen wollte ich ihm darauf nichts. Vielleicht hatte er Recht, doch von meinem derzeitigen Standpunkt her war eine solche Sichtweise für mich mitnichten plausibel. Metzenfelder stand auf und ging an den restaurierten Sekretär, der wenigstens 150 Jahre alt war. Aus einer kleinen, schwarzen Schublade, die er an dem glänzenden Messinggriff aufzog, holte er zwei Eintrittskarten heraus. »Schau, ich hab hier zwei Karten für Benno Koch, den Schauspieler. Der wird in zwei Wochen im

Theaterhaus Unsberg auftreten und dort Klaus Kinski rezitieren. Ich schenke sie dir!« Wieder blickte ich ihn an und es war mir die Sprache wie verschlagen. Natürlich wusste er um meine Begeisterung für die Dichtkunst des jungen Klaus Günter Karl Nakszyński, für diesen Wahnsinnigen, diesen extrovertierten Gefühlsmenschen, diesen unglaublichen, mit einer teuflischen, wie himmlischen Gabe versehenen Exzentriker, in dem jede menschliche Eigenschaft sich in vollkommen durchdrungener Weise angelegt zu befinden schien. Sein Leben lang war er ein Suchender nach dem Absoluten gewesen, immer bereit für seine Sicht der Dinge die uneingeschränkte Konfrontation zu durchleben, die ihm dann ja aus seiner Sicht »aufgezwungen« wurde. »Verehrung« wäre für diesen Mann zu viel, ich würde es eher mit Respekt, Achtung vor seiner Leistung, Anerkennung vor seiner Stärke bezeichnen. Er lebte jeden Streit der Menschen gegen ihn, um ihn herum aus; er ließ nichts verstreichen, nichts ungesagt. Als »Hure« bezeichnete er sich, die für Geld in jedem noch so schwachen Film mitspielte. So sind beeindruckende Italo-Western entstanden, denen Kinski überhaupt erst etwas Stil einhauchte. Seine besten Filme sind wohl unbestritten jene, die er mit Werner Herzog drehte. In »Aguirre, der Zorn Gottes« spielt Kinski den Kommandeur einer versprengten Gruppe von Konquistadoren der Armee Pizarros, die im südamerikanischen Urwald nach dem sagenumwobenen »El Dorado« suchen. Nach und nach siechen alle dahin, der Urwald frisst die spanischen Eindringlinge förmlich auf, die Gold- und Machtsucht vernichtet sie. Einen nach dem anderen. Kinski, als Don Lope de Aguirre, aber gleitet immer tiefer in seine wahnhaften Vorstellungen von Macht, Unterwerfung und Reichtum hinein. Größenwahnsinnige Phantasien von der Bildung einer reinen Rasse mit seiner eigenen Tochter formen den Wahn zur höchsten Güte, bis auch schließlich er zu Grunde geht – mitten im südamerikanischen Urwald auf einem Floß umgeben von kleinen Äffchen. Eine Rolle, die praktisch zugeschnitten auf Kinski schien. Doch nicht weniger beachtenswert galt mir seine frühe Lyrik, die geprägt von Villon und Rimbaud ein beeindruckendes Bild auf den jungen Exzentriker entwarf. Metzenfelder überraschte mich mit seinem Geschenk wirklich sehr und die Freude auf dieses mir bevorstehende Ereignis war ungetrübt. »Das ist überaus nett von dir«, sagte ich zu ihm. »Die zweite Karte ist für, wie hieß sie noch? Caro?« »Ja, Caroline. Wieso verschenkst du die Karten überhaupt? Willst du nicht selbst dahingehen?« »Ich bin nicht in Unsberg an diesem Wochenende« gab er vor und schloss: »Ich bin zu einer wichtigen Ausstellung eines Freundes in Wien eingeladen. Valeria Minkowsky begleitet mich dabei.« Ich fragte nicht weiter nach, bedankte mich bei ihm ausgiebig und versprach bald wiederzukommen.

XIV

Ich hatte nicht vor Caroline über die edle Geste meines Mentors einzuweihen. Für mich allein betrachtet, hatte ich eher eine Chance mich dieses Elends, das mich seit der Begegnung mit Caro gefangen hielt, zu entledigen. Ich dachte ja gar nicht daran, mir die Vorstellung des Schauspielers durch Carolines Beisein in irgendeiner Form durcheinanderzubringen, ja entwerten zu lassen. Schließlich liegt ja auch meine Bewunderung seiner Kunst gegenüber weiter zurück, als die Schwierigkeiten, der ich mich durch Caroline ausgesetzt sehen musste. Ich hatte sie nun schon seit dem Besuch bei Metzenfelder zu meiden versucht und war ihr beständig aus dem Weg gegangen. Einmal sah ich sie durch die Fenster der Cafeteria mir auf der anderen Eckseite entgegenkommen. Ich drehte mich unversehens um und schüttete einem mir bekannten Professor beinahe seinen Kaffeebecher über den Anzug, den jener wie eine Trophäe dampfend vor sich hielt. Eine knappe Entschuldigung von mir und Kopfschütteln seinerseits entzogen dem Beinahe-Zusammenstoß seine Dramatik. Ich lief zurück in Richtung meines Büros, wo ich den Rest des Tages damit verbrachte, einige Artikel zu lesen, die mit einer neuen Beweisidee einhergingen, die ich am Morgen gehabt hatte. Sonst drückte ich mich im Rechenzentrum oder in der Bibliothek der Fakultät herum.

Die meiste Zeit über hing an meinem Büro ein Schild, das darauf hinwies, dass ich bald wieder da wäre. Caro konnte mich somit nicht finden und dem übrigen Lehrstuhl war es egal, da ich ja für Caros Projekt freigestellt war. Es war wie ein Durchatmen. Dass meine Überzeugung nun Stück um Stück wiederkehrte und die Fixierung auf Caro mit jedem Tag geringer wurde, ließ mich gewissermaßen aufblühen, ja gar euphorisch werden. In Sachen ihres Projektes gab es weniger anberaumte Treffen, weil die Methodik mittlerweile klar war, nachdem ich dem Datenverarbeiter einige Tipps zur Optimierung seiner Algorithmen gegeben hatte. Doch Caro rief mich immer wieder an, und wenn ich am Telefon ihre Stimme hörte, dann war ich gebannt von diesem Klang, der mich so an ihr Zimmer, ihre Weichheit, ihren Geruch, kurzum: ihr gesamtes Auftreten erinnerte, dessen daraus resultierende Hörigkeit in mir natürlich immerfort schlummerte, wenn auch in glücklicherweise schwächelnder Ausprägung. Würde ich ihr leibhaftig wieder begegnen, könnte ich kurzerhand in diese nutzlose Amnesie zurückfallen, die mich über Monate so gelähmt hatte. Das fürchtete ich sehr. In diesem Punkt hatte Artur von Metzenfelder einfach Unrecht. Hier handelte es sich nicht um Liebe, dies hier war eine Krankheit! Doch meine, sagen wir, »Medikamente« dagegen, hatte ich bereits eingenommen und sie begannen zu wirken. Das pure Vermeiden des Kontaktes mit ihr konnte mich eben zunehmend befreien. Ich fand Ausblicke und war relativ gelöst. Die nächsten Tage verstrichen rasend schnell, plötzlich war es Freitag. Der Auftritt von Benno Koch in der Rolle des fiebernden Klaus Kinski stand auf allen Plakaten und die Unsberger Regenbogenpresse zerriss sich über angebliche Eskapaden des bekannten Schauspielers die Mäuler, wohl in der Absicht ein Bild zu erzeugen, dass er genau der Richtige sei, um in die literarische Haut des übergroßen Vorbildes zu schlüpfen. Voll von klopfenden Erwartungen ging ich ins Theater, wo ich meine zweite Karte einem Anstehenden für die Hälfte des Preises verkaufte.

XV

Als ich maßlos enttäuscht und empört von dieser grandiosen Fehlleistung, diesem elenden, hochnäsigen Plagiat zurück an mein Wohnhaus kam, stand Caro plötzlich vor mir. Sie sagte kein Wort und reichte mir einen Brief. Ihr Gesicht war ausdruckslos, es war so ohne Dramatik, dass es unweigerlich komisch wirkte und ich hatte einigermaßen Mühe mir ein Schmunzeln zu verkneifen. Ich fragte, was sie denn hätte. Sie aber ging wortlos davon und ließ mich allein stehen. Damit wollte sie mich offensichtlich weichkochen. Ich ersparte mir etwaige Bemerkungen über dieses Schauspiel. Eben war ich doch von einem solchen besonders schlechten über alle Maßen hinweg enttäuscht worden und somit durchaus in der Lage zu erkennen, ob ein Auftritt inszeniert oder ernst gemeint war. Ich schaute ihr nach, um die Ecke hörte ich das Motorengeräusch ihres Wagens. In meinen Händen hielt ich ihren Brief. Ich ging in meine Wohnung, die Dielen knarrten unter meinen Füßen und von unten her hörte ich Stimmen aus dem Zimmer meines Untermieters, lautes Gelächter mehrerer männlicher Personen und penetrantlaute Rockmusik. Wir hatten einen Wochentag, Freitag, und es war nach 23:00 Uhr. Wenn das so weitergeht, dachte ich mir, wird er bald aus meinem Haus verschwinden müssen. Ich setzte mich auf meine Couch, durch das halb offene Fenster drang der Lärm einer schweren Maschine; das leiser werdende, dumpfe Grollen eines Zweizylinder-Motorrads. Ich öffnete den Brief.

Paul,

> *es geht nicht so weiter. Du hast gemerkt, musst es gemerkt haben, dass ich Dich liebe, doch hast Du selbst nicht im Geringsten einen Versuch unternommen, mir zu zeigen, dass es Dir ähnlich ginge. Das hatte ich auch anfänglich erwartet von Dir, nachdem Du mich so umworben hast, dass jede Frau nur von der Ernsthaftigkeit der Bemühungen*

ausgehen muss. Ehrlich gesagt fühle ich mich wieder wie achtzehn, als mich solch ein Werben einfing, ich mich darauf einließ und bitter enttäuscht wurde. Doch ich bin keine Achtzehn mehr und ich könnte es mir nicht verzeihen, wenn ich mir wieder solch eine Entwicklung vorzuwerfen hätte. Weißt Du, ich nehme jetzt zwei Wochen Urlaub und fahre zurück in meine Heimatstadt und bleibe dort bei einer Freundin zu Besuch. Der Projektplan ist ja soweit abgesegnet und wird bearbeitet durch Raimund. Ich gebe mir und Dir eine Auszeit, um darüber nachzudenken, ob wir miteinander wollen, oder nicht. Vor allem Dir! Es war nicht zu übersehen, dass Du mir ausgewichen bist. Ich glaube sogar, Du hast Dich verleugnet. Das hat mich sehr verletzt. Was ist nur mit dir, Paul?

Caro

Das war nun wirklich interessant! Sie redete von Liebe und versteckt sich dabei hinter ihrer naiven Schwäche, die sie sich, wie sie eigens schreibt, selbst vorzuwerfen hat. Dafür soll ich jetzt verantwortlich sein? Etwa weil ich in den ersten Stunden ein paar Andeutungen gemacht habe, die sich nach ihrer Umsetzung als äußerst nachteilig für mich gezeigt haben. Der Brief bewies: Ich hatte keinen Fehler gemacht. Es war eher wie die rechtzeitige Abkehr von einem Verlauf, der mich in die Unfreiheit stürzen würde, nachdem er mein komplettes Denken vereinnahmt hätte. Ich lehnte mich beruhigt zurück und malte mir die nächsten zwei Wochen aus, in denen ich mich ohne Bedenken frei und unbefangen an der Universität würde bewegen können. Die Forschung lockte mich wieder. Ich arbeitete an einem sehr wichtigen Beweis, der in der Grundlagenforschung angesiedelt war, und hatte noch am selben Abend eine bahnbrechende Idee, die sich auf jüngste Ergebnisse eines russischen Mathematikers stützten, die bisher noch nicht allgemein bewiesen waren. Ich nahm mir vor, seinen Beweis und die bisherigen zu dessen Bestätigung veröffentlichten Artikel in den nächsten Wochen genauer durchzusehen. Nur kurz überlegte ich, ob ich dem Brief eine akzeptable Antwort folgen lassen müsste. Ich entschied mich aus Zeitgründen dagegen. Wenn sie wieder nach Unsberg kommt, dann werde ich mit ihr brechen müssen. Wir passen einfach nicht zusammen – das ist mir klar geworden. Sie benötigt viel mehr Aufmerksamkeit, als ich imstande war aufzubringen. Meine Überzeugung sagt mir, dass man nur durch seine Taten weiterlebt. Mit dem Tod endet die Liebe und was bleibt davon übrig? Nichts, nach Ablauf einer gewissen Zeitspanne des Ablebens eines Menschen wird sich niemand mehr dafür interessieren, ob dieses Individuum ein anderes geliebt hat. Die Liebe ist eine Sache mit gegenwärtigem Charakter, sie wird nicht über längere Zeit anhalten können, sie verändert sich, verformt sich – sie wird deformiert und korrodiert und der Zahn der Zeit nagt an ihr. Am Ende verweht sie wie Staub und nichts bleibt von ihr übrig. Aus dieser flüchtigen Gegenwärtigkeit der reinen Existenz kann man nur hervortreten mit der Forschung oder mit anderen Taten, die Bestand haben, die im Gedächtnis der Leute bleiben, die auch in hundert oder tausend Jahren noch von Bedeutung sein werden. Die so genannte Liebe dagegen hat mir nicht viel Gutes eingebracht, wenn ich dies so resümieren müsste. Das, was Metzenfelder hier als Liebe bezeichnete, war doch nur ein ureigener Trieb, der in jedem normal entwickelten jungen Menschen angelegt ist. Dieser Trieb hat mich in die Unfreiheit geführt. Ich betrachtete dies als einen riesigen Fehler, den ich mir vorzuwerfen hatte, auch wenn ich ja nicht wirklich etwas dafürkann, dass die Natur den Menschen mit solcherlei Schwächen ausgestattet hat. Ich glaubte aber, ich hätte das Schlimmste überstanden. Das glaubte ich wirklich.

XVI

Wie schmerzlich wurde mir mein Unheil bewusst, als ich eine Nachricht von Carolines Mutter bekam, die ich erst nach zweimaligem Nachfragen an ihrem Nachnamen erkannte. Sie rief an, etwa eine Woche nach Caros Abreise.

In ihren Unterlagen fand die Mutter irgendwo gerade meine Adresse und nun rief sie an, um mich über ihren Zustand zu informieren. Caro selbst läge nach einem Unfall mit ihrem Auto auf der Intensivstation. Erst nach dieser Mitteilung fragte sie mich, wer ich sei, wieso meine Telefonnummer auf dem Papier stünde. Woher ich Caro kennen würde, wollte sie dann mit zitternder Tränenstimme wissen. Es muss wohl etwas sehr Schlimmes passiert sein, spürte ich. Ich konstruierte eine schnelle Ausrede, dass ich sie nur von der Arbeit her kennen würde. Auf ihre Frage hin, ob ich dem Institut, an dem Caro arbeitete, die Umstände mitteilen könnte, antwortete ich ausweichend: »Ich sage ihnen hier die Nummer eines Mitarbeiters von ihr durch.« Ich öffnete mein Notizbüchlein und stolperte durch die Telefonnummern bis zu jener von Raimund Görtz. Sie dankte nicht, aber sie bemerkte offen und direkt: »Eine Frage hab ich noch: Wissen sie, mit wem Caro befreundet war, wem wir hier Bescheid geben müssen? Sie hat uns nie viel erzählt und jetzt das!« »Nein, ich kann ihnen da nicht helfen.« Mein Blut kochte. Das Herz raste, die Schläfen pochten, die Knie zitterten, die Fingerspitzen wurden taub. Verabschiedung. Auflegen. Ich rannte sofort ins Bad, kniete mich auf die weißen Fliesen und musste mich übergeben, drei-, viermal. Das dämonische Summen der Leuchtstoffröhre trieb mich immer wieder an. Da beruhigte sich mein Kreislauf langsam wieder und ich entschloss mich, ohne eingehender darüber nachzudenken, am nächsten Tag in das Krankenhaus von Carolines Heimatstadt zu fahren. Was war nur passiert? Von meiner erhofften Vorstellung der ruhigen Arbeit war wieder nicht viel übrig geblieben. Erneut erschien mir Carolines Gesicht und was noch viel schlimmer war, ich erwachte in der folgenden Nacht aus völlig irrationalen Träumen. In einem der Träume, an den ich mich erinnere, schob ich ein Krankenbett durch einen langen Flur und lauter Ärzte und Schwestern sprangen zur Seite, als ich mit dem Bett durch den nicht endenden Gang raste. Ich überlegte, wo ich mit dem Bett hin müsste und lag eben noch Caro auf dem Bett vor mir, so war es, nachdem ich mich kurz umgeschaut hatte, weil ich von hinten ein seltsames Rufen, beinahe Flüstern meines Namens vernahm, plötzlich meine Mutter, die da lag. Ich schob das Krankenbett in immer höherer Geschwindigkeit durch diesen weißen, kalten Gang dieses eingebildeten Krankenhauses. Und schweißgebadet wachte ich auf, mich in der Stille meines Zimmers wiederfindend, völlig erschöpft und schwer atmend mit Schmerzen in der Brust und im Nackenbereich. Mein Herz trommelte ein einziges Stakkato und in meinem Kopf dröhnten Presslufthämmer. Ich wusste für eine kurze Zeit nicht, ob ich bereits wach war oder noch in einem anderen Traum gefangen. Ich ertappte mich dabei, wie ich Caros Namen mehrfach hintereinander aufsagte, einem meditativen Mantra nicht unähnlich. Mein Denken war lahmgelegt und fixiert, doch war es nun ein gänzlich anderer Umstand, der mich festhielt und mich zu zerstören drohte. Nach all den Monaten der Agonie meiner Überzeugung überforderte mich dieser neuerliche Angriff in höchstem Maße. Ohnmacht ergriff mich und ihr folgte Verzweiflung. Ich kann heute nicht mehr sagen, was mich damals vor dem endgültigen Zusammenbruch bewahrte. Ich nahm zwei Schlaftabletten, die ich sonst niemals angerührt hätte, und schlief bis weit in den nächsten Tag hinein. Ich beruhigte mich ein wenig, nachdem ich aufstand. Dann packte ich eine Tasche mit den notwendigen Sachen für ein paar Tage und lieh mir eines von Metzenfelders Autos. Am nächsten Morgen stand ich gegen vier Uhr auf und fuhr los nach Friedeburg, in die Heimatstadt von Caroline.

XVII

Natürlich kann ich objektiv betrachtet nichts für den Unfall. Etwa zehn Kilometer von ihrer Heimatstadt Friedeburg entfernt, gab es eine sehr kurvige Bundesstraße, die für ihre Gefährlichkeit bekannt, ja sogar berüchtigt war. In der Region galt sie als die Straße mit den häufigsten tödlichen Unfällen. Auch die von Behörden beschlossene Geschwindigkeitsbegrenzung nahm dieser Strecke nicht ihren todbringenden Charakter. Man gelangte aus scheinbar in

den Fels gehauenen Schluchten, die mit großen Abfang-
netzen gegen möglichen Steinschlag auf die Straße gesichert waren, plötzlich in Wälder, die sich an den Hängen
links und rechts auftaten. Es wird zunehmend kurviger.
Caro war, wie sich später herausstellte, mit ihrem Wagen
in einer solchen S-Kurve auf die Gegenfahrbahn gekommen, weil sie offenbar zu schnell unterwegs war und
hat, so nimmt man es an, im letzten Moment versucht
noch gegenzulenken, was das Ausbrechen des Wagens
jedoch nicht mehr verhindern konnte. Ein auf einmal ent-
gegenkommender Transporter schaffte es nicht mehr auszuweichen und erfasste den Kleinwagen vorn links,
wodurch dieser in den Graben geschleudert wurde und
dort nach zwei Überschlägen liegen blieb. Der Fahrer des
Transporters, Chef einer Reinigungsfirma und sein eigener
Angestellter, rief noch trotz seines eigenen Schocks die
Polizei an. Er selbst hatte eine kleine Brandwunde im Gesicht. Diese rührte von dem sich unter schneller Druck-
entwicklung und Hitze entfaltenden Airbag seines Lenkrades her. Außer einer Prellung des Unterarms war er an-
sonsten mit dem Schrecken davongekommen. Der Wagen
von Caro hingegen war völlig deformiert und das Glas
geborsten. Es blieb ein blankes Wrack von diesem Fiat
übrig und das Ausmaß der Zerstörung ließ nicht mehr viel
Hoffnung zu. Caro war bewusstlos, hatte eine Fraktur der
Schädelbasis sowie Wangenknochen und Nasenwurzel
gebrochen, mehrere Platz- und Schnittwunden in Gesicht
wie auch überall sonst an ihrem Körper. Durch die Wucht
des Aufpralls wurden ihr Schlüsselbein und mehrere
Rippen gebrochen. Eine von diesen hatte dabei einen
Lungenflügel verletzt, wodurch sie aus dem Mund blutete.
Die linke Hand war ebenfalls mehrfach gebrochen und
Caro trug Quetschungen am Unterleib davon, von denen
die Ärzte unverblümt sagten, sie seien »bedenklich«. Ein
Bein war am Oberschenkel, wohl durch die Einwirkung
des Lenkrades, angebrochen. Am anderen Bein war das
Fußgelenk durch das Verkeilen zwischen Gaspedal und
Kupplung ebenfalls durch eine komplizierte Fraktur be-
troffen. Der Fahrer des Transporters konnte sie nur schwer

befreien, denn der Gurt hatte sich verklemmt. Schließlich holte er aus seinem Werkzeugkasten ein Kabelmesser, mit dem er den Gurt durchschneiden konnte, und legte Caro auf eine Schutzdecke auf der Wiese neben dem Graben in so etwas wie die stabile Seitenlage. Er sagte ihr, stand er doch selbst unter Schock, viele völlig sinnlose Dinge über das Wetter, seinen Hund, sein Haus und natürlich, dass »alles, alles wieder gut würde«. Sie war bewusstlos, was ein Segen war angesichts der Schmerzen, die sie sonst hätte erleiden müssen. Laut Aussage des Unfallbeteiligten lag sie still bei flacher Atmung da. Sehr bald kamen Notarzt und Polizei aus der nahe gelegenen Stadt, und wie ich später erfuhr, war einer der Polizisten ein guter Bekannter der Familie und ein Freund von Caro aus deren Schulzeit. Er war es auch, der ihre Koffer und die grausame Nachricht den Eltern überbrachte, nicht weil er von den Kollegen dazu aufgefordert wurde, sondern weil er es als seine Pflicht betrachtete, dies zu tun. Viel später, nachdem wir uns kennen lernten, würde er mir die ganze tragische Geschichte in allen Details erzählen, dieser kleine gutmütige, naive Mann, der in seiner Uniform keine gute Figur machte und dessen Redseligkeit für einen Polizeibeamten auch wieder viel zu ausgeprägt war. Caro wurde in das Krankenhaus ihrer Heimatstadt transportiert und sofort auf der Intensivstation behandelt. Mehrere Stunden war sie in einem lebensgefährlichen Zustand, dann stabilisierte sie sich. Sie blieb aber im Koma liegen und war nicht ansprechbar, doch sie lebte.

Das von mir geliehene Auto war jenes, mit dem ich Caro einst ausgeführt hatte. Ich hatte mir am Nachmittag zuvor im Friedeburger Hotel »Alte Tanne« ein Zimmer reservieren lassen. Als ich nach vierstündiger Reise an der Unfallstelle vorbeifuhr, sah ich die von der Polizei auf der Straße nachgezeichneten Bremsspuren und die durch das auf der Straßendecke schleifende Metall hervorgerufenen Kratzer und Abriebe, die noch eine ganze Weile dort auf jenes Unglück verweisen würden. Ich bekam einen ersten Eindruck von dem Ausmaß dieses schweren Unfalls der Frau, die von mir im Zorn und in Unzufriedenheit über

mich fortgegangen war. Aber es war nicht meine Schuld,
da war ich mir sicher. Es konnte nicht meine Schuld sein,
alle objektiven Gründe sprachen dagegen.

XVIII

Ich lief durch die Straßen von Caros Stadt nachdem ich im
Hotel »eingecheckt« hatte, wobei dies bedeutete, den ver-
schlafenen Rezeptionisten herauszuklingeln. Wahrscheinlich war er gleichzeitig Besitzer des Hotels. Ich entschloss mich, in einem kleinen Café ein Frühstück einzu-
nehmen. Ich musste mich regelrecht dazu zwingen, etwas
zu essen, auch wenn mir beim besten Willen nicht danach
war, hatte ich ja schließlich seit zwei Tagen nichts mehr zu
mir genommen. Ich setzte mich an einen Fensterplatz und
schaute in den sonnigen Tag. Viel Licht fiel nicht in das
Café mit den kleinen rustikalen, quadratischen Fenstern,
die mit braun gebeizten Fensterkreuzen versehen waren.
Draußen schlenderten einzelne Passanten vorbei. Die
meisten von ihnen liefen die alte Straße aus Kopfstein-
pflaster hinauf in den Teil der Stadt, den man als Altstadt
bezeichnen konnte. Auf der höchsten Erhebung stand ein
altes Schloss, dessen frisch restaurierte Turmspitzen im
Sonnenlicht glänzten und das mächtige Schwalben-
schwanzzinnen schützend bewehrten. Je näher man der
Innenstadt kam, umso mehr erhöhte sich der Anteil von
fein herausgeputzten Fachwerkhäusern. An zahlreichen
Ecken, der ständig verwinkelter werdenden, alten Stadt,
erschienen plötzlich mittlere Plätze mit Springbrunnen aus
Sandstein mit Sandsteinstatuetten oder sonstigen Figuren,
die auf verschiedenste Arten und Weisen Wasser spien.
Der Weg vom Stadtrand zum Zentrum, der sich um das
Schloss ergoss, glich einer Zeitreise in das Mittelalter. Hier
hörte man, so stellte ich für mich fest, Hufschläge und
Schwertgeklirr auch in der stillsten Nacht. »Hier ist sie
also aufgewachsen«, dachte ich mir und wurde durch die
Kellnerin abgelenkt, bei der ich mir ein kleines Frühstück
mit Ei und Kaffee bestellte. Auf der gegenüberliegenden
Seite des Cafés öffnete eine Frau gerade ihr Blumen-
geschäft und stellte auf dafür vorgesehene Eisengestelle

passende Holzbehälter in die sie verschiedenste Blumensträuße steckte. Einen solches Gebinde würde ich nach dem Essen kaufen und zu Caro bringen. Wie musste sie sich doch freuen über die schönen Blumen, noch dazu darüber, dass gerade *ich* sie ihr brachte. Nun, wenn sie immer noch bewusstlos wäre – vielleicht kann ich es schaffen, sie aufzuwecken, so wie in jenem Grimm'schen Märchen, das mir einst meine Mutter erzählte und mir dann später durch die Tante leider so verhunzt wurde. Dieser Ort, diese Stadt hatte eben etwas Märchenhaftes. Alles war ruhig und rustikal, bestehend aus Sandstein und Fachwerkgebäuden. In der Altstadt hier wurde dieser Anblick durch Leuchtreklame nirgendwo beeinträchtigt. Überall fand man Blumengestecke, Wasserspiele und Menschen, die irgendwie gelassen wirkten. Sie schlenderten durch die Gegend, als seien sie Touristen und nur des Schlenderns wegen da. Was mir sonst als Zeitverschwendung erschienen wäre, hatte hier einen völlig anderen Charakter. Hier würde man durchatmen können, wenn einem der Sinn danach stünde. Kurz konnte ich den Grund meiner Anreise ausblenden und mein Frühstück genießen. Ich überließ der Kellnerin anschließend ein übermäßiges Trinkgeld, kaufte dann einen großen Strauss Blumen, der mir von der Floristin für den Anlass »Krankenbesuch« extra zusammengestellt wurde, und fragte ein älteres Ehepaar auf der Straße nach dem Weg zum Krankenhaus.

Als ich vor dem riesigen Gebäudekomplex stand, der mich nach langem Laufen wieder etwas außerhalb der Stadt brachte, musste ich mich neu orientieren. Ich lief zum Haupteingang, der dem eines Einkaufszentrums nicht unähnlich war. Überall standen Menschen herum. Die Ruhe der Innenstadt wurde hier zum Gegenteil verkehrt. Modernität, Glas und Stahl. Und überall noch mehr Menschen. Ich erkannte anhand der riesigen Blechtafel und der durch Farb- und Symbolkombinationen aufgeschlüsselten verschiedenen Stationen, die darauf verzeichnet waren, dass es sich um ein Koryphäenlager der Ärzteschaft handeln müsse. Das wird wohl mit der exquisiten Lage dieser Stadt zusammenhängen – jedenfalls ist Caro hier sicher in den besten Händen, hoffte ich. Ich fand die Intensivstation schließlich in einem abgetrennten Teil des Hauptgebäudes mit direktem Anschluss zur Notaufnahme. Mittlerweile schwitzte ich stark und auch meine Hände, in denen ich die Blumen hielt, waren schweißig und zudem kalt. Ich wollte mich davon überzeugen, dass es Caroline nicht zu schlecht ging, wollte sie, wenn möglich, dazu bewegen, aufzuwachen. Ja, ich bildete mir tatsächlich ein, ich könnte das bewerkstelligen durch meine pure Anwesenheit.

XIX

Man wollte mich nicht zu ihr lassen. Eine solch unmögliche Sache hatte ich vorher nicht erwartet und nun stand ich da vor der Rezeption der Intensivstation mit meinen Blumen in der Hand. Sollte nun der gesamte Weg umsonst gewesen sein? Man riet mir, wenn ich denn ein Freund der »Verunfallten« sei, wie sich diese unansehnliche Oberschwester an der Anmeldung kalt auszudrücken pflegte, doch auf engere Familienmitglieder zu warten, die mich mit hineinnehmen dürften. Als »Freund« müsse ich ja Kontakt zu ihnen haben. Ich hielt es für aussichtslos diesem Trampeltier die Situation darzulegen, *warum* ich die Eltern oder Verwandten nicht kennen würde. Sie würde es ohnehin nicht begreifen. Ich beschloss, eine Weile auf der Bank gegenüber des Schalters zu warten. Nach einer Stunde tauchte ein Pärchen auf, das ziemlich genau auf Caros Beschreibung ihrer Eltern passte. Der Mann hatte einen braunen Hut auf, war von relativ kleiner, gedrungener Statur. Er trug lockere Kleidung, Windjacke und Kordhose. Die Sachen wurden offensichtlich von seiner Frau ausgewählt, denn das durchgängig Grobschlächtige, Provinzielle sah man schon in den Stirnfalten und in der Art, wie dieser Mann sich zu bewegen pflegte. Caros Eltern seien 55 und 60 hatte sie mir einst erzählt. Ich hätte beide auf jeweils zehn oder fünfzehn Jahre älter geschätzt. Das Haar der Mutter war schlohweiß, die Wangenknochen eingefallen und die Dunkelheit ihrer

Kleidung stimmte mit der Farbe ihrer übernächtigten Augen überein, die offenbar in tränenüberzogenen Glanz in ihren tiefen Höhlen lagen. Die Mundwinkel waren resignativ nach unten gezogen und ihre Schultern nach vorn gewandt. Diese Menschen, die einst die Frau zur Welt gebracht hatten, der ich so verfallen war und die ich nun nicht besuchen durfte, schienen mir nicht so recht in das Bild zu passen. Ein Bild, das mir Caro während eines Gesprächs von ihren Eltern entwarf. Sie beschrieb sie als muntere Menschen, die zeit ihres Lebens immer vom Optimismus getrieben, irgendwelchen Materialismen hinterherjagten, in denen sie, sobald sie diese dank ihres Arbeitseifers erreichten, Befriedigung fanden. Caro hatte irgendwann begonnen, diese oberflächliche Genugtuung ihrer proletarischen Eltern, die beide ihr Leben lang Fabrikarbeiter gewesen waren und ihre Gehälter durch Produkte aus Näharbeit und privater Landwirtschaft aufbesserten, zu verachten. Sie konnte diese Abneigung als pubertierendes Kind bald auch nicht mehr verbergen und brachte sie offen zum Ausdruck, als es etwa darum ging, sich einen neuen Mittelklassewagen zuzulegen und die dafür notwendigen finanziellen Aufwendungen abzuschätzen. Dass sich Caros Konflikte mit ihren Eltern vertieften, weil die elterliche Mauer der Geringschätzung über die zunehmende Vergeistigung und Sozialisierung der Gefühle ihrer Tochter höher wuchs, ging mir angesichts dieser beiden Menschen nun vollends auf. Caro beklagte einst das Unverständnis ihrer Erzeuger und fügte später hinzu, dass sie schließlich eine Einsicht erst nach Loslösung von ihrem Elternhaus aufbauen konnte. Erst nach Jahren begriff die damals 19-jährige Caroline während ihres Studiums, dass sie und ihre Eltern verschiedene Sichten auf und Erwartungen an das Leben besaßen. Als sie dies endlich erkannt hatte und ihre Freiheit auch durch die finanzielle Unabhängigkeit vom Elternhaus erlangte, konnte sie die ursprüngliche Enttäuschung über deren Lebenswandel verwinden und eine neue Art von Beziehung zu ihnen aufbauen, die aus Dankbarkeit dafür bestand, sie in das Leben gebracht zu haben. Caro drückte dies in den Worten aus: »Nicht die alten Eltern mussten sich an meinen Lebensstil anpassen, nicht ich an den ihren. Erst durch meine Toleranz dem ihren gegenüber, gewann ich ihren Respekt vor dem Meinen.« Ich ging auf die beiden zu und stellte mich als Carolines Arbeitskollege vor. Caros Mutter antwortete mit einem verlegenen »Paul Schmidt? Ach sie sind das!«, als ich zusätzlich auf unser Telefonat verwies. Der Vater blickte stumm und missmutig aus seinen bedrückten Augen, die auf durchwachte Nächte wiesen. Mein mit aller Macht inszeniertes Lächeln erfror mir unversehens, als der alte Mann plötzlich anhob: »Verschwinde!« Ich bemerkte, wie er in eine aggressive Kampfhaltung geriet, die für einen Herrn in seinem Alter äußerst unwürdig war. Seine Pupillen wurden weit, in den Hosentaschen konnte man sehen, wie die groben Hände sich zu Fäusten ballten. Der nach vorn in meine Richtung weisende Kopf wurde zudem in ein Zornesrot getaucht, das mich schweigend zurückweichen ließ. Ich nehme an, ich habe fragend geblickt. Was wussten die beiden von mir und Caro, was wussten sie nicht? Hatte ich mir etwas vorzuwerfen? Als sie sich umdrehten und weggingen, warf die Mutter einen unbeschreiblichen Blick über ihre Schulter zu mir, am Arm von ihrem Mann mitgeführt, beinahe mitgezerrt. Ich beschloss, mich wieder auf die Bank zu setzen und abzuwarten. Was sollte ich sonst tun. Gegen die Grobschlächtigkeit dieses Arbeiters erübrigt sich jeder Versuch einer mitfühlenden Geste. Mich marterte nun die Frage, was die beiden über mich wussten. Ich durchlief alle Stationen unseres Zusammenseins, von der ersten Begegnung im Vortragsraum, über das Essen in der Ratszeise bis hin zu dem Morgen in ihrem Bett und die Monate danach. Es fiel mir ihr Geruch ein, als ich neben ihr lag. Der Schweiß stieg mir auf die Stirn. Ihr Geruch! Ich stand auf und lief umher. Der Elefant an der Rezeption musterte mich immer auffälliger. Ich nahm sie nur aus den Augenwinkeln war. Die Blumen lagen auf der Bank, bunt wie ein Regenbogen, mit Blumensorten, deren Bezeichnungen ich niemals kennen werde. Ich ging zu dem Strauß, hob ihn auf, schrieb meinen Namen und den

Namen des Hotels auf einen Zettel, den ich aus meinem Notizbüchlein riss, und bat in freundlichster Art und Weise die grobe Frau an der Anmeldung, doch beides bitte der Mutter auszuhändigen. Sie willigte ein, ich dankte gedankenverloren und verließ das Krankenhaus eiligen Schrittes, obwohl mich eigentlich nichts zu einer solchen Hast antrieb.

XX

Im Hotel angekommen, setzte ich mich in meinem Zimmer auf das Bett, legte mich hin, stand wieder auf, lief umher, duschte ganze dreimal, natürlich nicht ohne die Tür zum Zimmer offenzulassen, um das Telefonklingeln vernehmen zu können. Doch es klingelte kein Telefon. Sechzehn Uhr, keine Meldung. Siebzehn, achtzehn, neunzehn und schließlich zwanzig Uhr. Ich wurde ungeduldig. Einundzwanzig Uhr. Wieso sollte ihre Mutter mich auch kontaktieren, wenn sie doch genauso viel wüsste wie der Vater. Doch – was wussten sie? Ja, was wussten sie schon! Zweiundzwanzigdreißig. Ich bestellte mir beim Zimmerservice eine Flasche Wodka. Als ich das erste Viertel der Flasche geleert hatte, war ich als Seltenheitstrinker derart betrunken, dass ich schon vergessen hatte, welche Schmerzen mir in der Brust tobten und wie die Gedankenkreise der vergangenen Stunden mich zu einem angespannten Bündel gemacht hatten, das unter Hochdruck stand und während jedem der zurückliegenden Momente hätte explodieren können. Alles schien nun so leicht, so unbeschwert, so frei von Last und Unglück dank des Alkohols. Den Fernseher hatte ich eingeschaltet, dabei den Ton ausgestellt. Auf dem Bildschirm sah man Vögel, offensichtlich Zugvögel bei ihren Reisen. Ungewöhnliche Aufnahmen waren dies – als ob man selbst mitflöge. Ich trank noch einen. Die Klimaanlage summte ein monotones Lied. Als ich aufstehen wollte, fiel ich erst einmal zurück in den geräumigen Ecksessel aus Leder. Die weiße Gardine, durch die das Mondlicht schimmerte, machte mir erst einmal bewusst, dass ich die ganze Zeit im Dunkeln gesessen hatte. Im Film blieb ein Vogel, eine Möwe oder so etwas, sterbend zurück, während die anderen Tiere weiterzogen. Ich trank noch einen Wodka. Eigenartiges geschah mit mir. Ich merkte, wie mir die Stirn kitzelte, was sich bis in die Schläfen zog, sodass ich schließlich die Augen zusammenkrampfen musste. Aus mir flossen Tränen, nachdem ich aus der Verkrampfung zurückfand. Ich hatte seit meiner Kindheit nicht mehr geweint und schämte mich einigermaßen vor mir selbst. Doch ich war allein. Ich ließ los und es brach aus mir heraus: Ich weinte, heulte wie ein kleines Kind, so lange, bis ich tränenleer war. Dann ging das Ganze noch einige Zeit trocken schluchzend weiter. Den letzten Schluck nahm ich direkt aus der Flasche, stolperte in das Badezimmer und erbrach mich in die Badewanne.

Als ich aufwachte, war draußen heller Tag und ich lag unter dem Waschbecken, gegen das ich stieß, als ich durch einen überraschten Ausruf aufgeweckt hochschreckte. Ein Zimmermädchen schaute mich mit großen, braunen Augen an und entschuldigte sich daraufhin in gebrochenem Deutsch, bevor sie den Raum verließ. Ich hatte vergessen, das Schild vor die Tür zu hängen. Wie unangenehm. Ich sah die Bescherung in der Badewanne. Nach der Beseitigung des Chaos, das ich dort fand, duschte ich kalt, packte meine Sachen zusammen und verließ das Zimmer. Ich wollte nachhause fahren, zurück nach Unsberg. Ich hatte hier alles versucht, wie ich meinte, und wähnte Caros Schicksal nun aus meinen Händen. Beim Auschecken wurde ich auf eine telefonisch hinterlassene Nachricht hingewiesen und der Rezeptionist machte eine mitfühlende Geste. Es war Caros Mutter, die die Nachricht hinterlassen hatte. Auf dem Zettel stand knapp, kalt und klar:

Caro 7:33 verstorben. Springbrunnen August-Straße, 12 Uhr. M. Kleever

XXI

Ich war nicht ganz bei mir, als ich schließlich den Springbrunnen fand. Es nieselte leicht, aber es war nicht kalt. Ich schaute auf meine Uhr. 11:46 Uhr. Der Glockenschlag einer Kirchturmuhr ertönte in nicht allzu weiter Ferne. Das Gurren von Tauben zog über den Platz. Plötzlich, aus einem offenen Fenster, drang ein wunderbar sanftes Klavierspiel herüber, das ich anhand schon anhand der ersten gehörten Noten sofort Johann Sebastian Bach zuordnen konnte. Dem Restalkohol schreibe ich zu, dass mir in diesem Moment wieder einzelne Tränen in die Augen stiegen. Ich drehte mich um meine Achse und hielt in alle Richtungen Ausschau nach Caros Mutter. Caro. Sie soll tot sein? Das ist nicht möglich. Ich leugnete das entschieden. Das konnte nicht sein. Das durfte nicht sein. Ein Irrtum. Irgendjemand hat einen Fehler gemacht und eine Falschmeldung erzeugt. Irgendwer ist darauf hereingefallen, doch ich werde es nicht. Als Caros Mutter erschien, wollte sie meinen Handschlag nicht erwidern. Stattdessen fragte sie, ob ich Caro *geliebt* hätte. Ich wollte angesichts des Leides dieser Frau nicht über Begrifflichkeiten diskutieren und bejahte. Sie brach daraufhin in Tränen aus und umarmte mich. Ich war völlig überrascht von diesem plötzlichen Einfall der Frau in meine Intimsphäre. Ich versuchte sie zu trösten, wozu mir aber keine passenden Worte einfielen. So streichelte ich nur sanft ihren Rücken, was sie offenbar noch mehr schluchzen ließ. Nach einer Weile löste sie sich und sagte zu mir: „Ich denke, sie sollten wissen, was in diesem Brief hier steht." Sie zog aus ihrer Handtasche ein gefaltetes Blatt Papier hervor. Sie gab ihn mir und verabschiedete sich. Ich bat sie um Verzeihung – wofür, kann ich beim besten Willen nicht sagen. Dann war sie um die Ecke eines Fachwerkgebäudes verschwunden, an dem ein kupfernes Zunftschild im milden Wind schwang und kaum vernehmbare quietschende Geräusche in meine Richtung sandte. Ich öffnete den Brief und erkannte die Züge von Caros Handschrift:

Lieber Paul,

wenn du diesen Brief hier gelesen hast, wirst du wissen, dass du nicht länger allein auf der Welt bist. Ich habe dir schon einen anderen Brief geschrieben, in dem ich mich um deine Aufmerksamkeit bemühe. Ich will dir diesen hier aber erst geben, wenn du soweit bist und ich sicher sein kann, dass du mich wirklich willst. Und auch, dass ich sicher sein kann, dass du unsere Zukunft wirklich willst. Ich habe Angst davor, dass du so kalt sein könntest, wie du dich mir gegenüber während der letzten Wochen benommen hast. Meinen Eltern sage ich solange auch nichts, weder von dir noch von ihr. Ich bin im 3. Monat schwanger. Paul, du wirst Vater werden.

Ich sah auf und um mich herum. Der Platz war menschenleer. Es stieg in mir das beklemmende Gefühl eines nahenden, massiven Zusammenbruchs auf. Langsam las ich den letzten Satz noch einmal. Meine Knie versagten, ich zitterte, mir wurde übel und es überkam mich der gesamte Strom der Gewissheit in einem gewaltigen Schlag. Ich brach zusammen und wachte irgendwann später in den Armen eines Pärchens auf, das gemeinsam versuchte mir beim Aufstehen zu helfen. Blass, verstört und wortlos entledigte ich mich ihrer Hilfeleistung und lief zu meinem Wagen. »Nicht länger allein auf der Welt sein!«, trommelte es in meinem Kopf. Sie war schwanger! Es muss trotz der Pillen geschehen sein. Ich war außer mir, angefüllt von unbeschreiblichem Chaos meiner Gefühle und Gedanken. Dem Zorn über Caro, mir nichts darüber gesagt zu haben, mischte sich die dominierende Gewissheit ihrer beider Tod bei. Es wäre ein Mädchen geworden. Ich kehrte diesem Ort für immer den Rücken, wie ich damals glaubte. In einer heillosen Flucht raste ich zurück nach Unsberg und schloss mich für eine volle Woche in meiner Wohnung ein, stellte das Telefon ab und schloss die Klingel kurz. Ein Martyrium begann, in dem ich restlos zu versinken drohte.

XXII

Beinahe zwei Jahre liegt Carolines Tod jetzt zurück. Wir schreiben heute den 12. Mai 2003. In zwei Stunden ist mein letzter Termin bei Dr. Martin, der mich das vergangene Jahr über begleitet hat. Auf ihn geht auch die Idee dieses Textes über mein Leben zurück. Er hielt es für hilfreich, dass ich aufschreibe, was mir widerfuhr. »Um die Ereignisse zu reflektieren«, wie er meinte.

Wenn ich an die Zeit nach Carolines Tod denke, dann fällt mir zunächst der unheimliche Schmerz und die unwirkliche Lebenssituation wieder ein, in der ich mich befand. Irgendwie habe ich schließlich etwas unternehmen müssen, denn mein Zustand hatte sich soweit verschlechtert, dass ich zuletzt sogar begann, Dinge zu sehen und zu hören, die doch eigentlich gar nicht vorhanden waren. Gelebte Träume und unwirklich erscheinendes geträumtes Leben durchkreuzten meine Wahrnehmung, prägten mein Bild von dem, was »Realität« sei. Episoden von Traum-in-Traum-Erfahrungen ergriffen mich: meine Mutter, die mir in mein Ohr flüstert, während ich vor dem Spiegel stehe und mich rasiere. Ich gleite ab, die Klinge schneidet in mein Fleisch, das Blut strömt mir warm über die Haut und plötzlich wache ich auf. Ich stehe vor dem Spiegel, sehe mir ins Auge und im Auge sehe ich wieder mich. Rekursion. Während solcher Phasen des Abgrundes fand ich mich in traumgleiche Episoden versetzt. In ihnen sah ich mich in einer Art mathematischen, genetischen Struktur wieder. Sie beschrieb meinen Körper und Geist vollständig. Ich fühlte mich beim fiebrigen Anblick meines Spiegelbildes reduziert auf eine mathematische Formel, verstand deren Aufbau aber nicht. Es war nur ein Gefühl der Mathematik, frei von der Möglichkeit, es zu verstehen. Vermutlich war es kompletter Unsinn. Aber es trieb mich nahe an den Rand des vollständigen geistigen Zusammenbruches. Angst übermannte mich, als ich den dritten, vierten Vorfall dieser Art hatte. Irgendwann ging ich zu Metzenfelder und holte mir seinen Rat ein, in letzter Instanz, wie ich meinte. Was sei denn zu tun, wenn man über eine gewisse Zeit seinen Pflichten nicht mehr nachkommen kann, wenn einen die ganze Welt scheinbar unnachgiebig auf den Schultern lastet und ihr Gewicht jeden einzelnen Knochen zu Brei zu zermalmen scheint. Was tun, wenn man Träume hat, die mit »unangenehm« oder »böse« unzureichend beschrieben wären. Was kann man machen, wenn man nächtliche wiederkehrende Vorstellungen vom Herzstillstand eines Fötus im sterbenden Mutterleib hat. Metzenfelder stand mir bei, wie jedes Mal in meinem Leben, wenn ich ihn brauchte. Er gab mir die Adresse seines Arztes. Offenbar war ihm dieser Zustand nicht gänzlich unbekannt, denn er zählte mir die Symptome auf, die ich allesamt bejahen musste: Schmerzen in der Brust, einem heißen Brennen gleichend, das sich direkt durch die Rippen des Brustkorbes hindurchquält; ständige, unerträgliche Kopfschmerzen; ein Klopfen, Rauschen, Pulsieren zwischen den Schläfen, dass mir ein Leben, dass ich als »normal« bezeichnen würde, grundsätzlich verwehrte. Der Nacken ähnelt einem Holzstamm, für den man sich einen kraftvollen Schlag mit der blitzenden Klinge einer Spaltaxt wünscht, damit die Verspannung und der Schmerz endlich nachließen. Die Wirbelsäule quälte mich bis in den unteren Rückenbereich. Einmal waren die Schmerzen so unerträglich geworden, dass ich meinen dröhnenden Kopf wieder und wieder gegen meine pastellfarbene Wohnzimmerwand schlug. Ich biss die Zähne aufeinander und geriet in einen tranceartigen Zustand völliger Loslösung. Der Aufprall des Kopfes auf der Wand und der damit verbundene Schmerz, ließen die Qual der übrigen Leiden verschwindend erscheinen. Während sich die Sterne vor meinen Augen langsam auflösten, das Bewusstsein über den Schmerz zu mir zurückkehrte, bemerkte ich an den Flecken frischen, roten Blutes, dass ich mir die Stirn aufgeschlagen hatte. Ich hatte mich wahrhaft selbst verletzt. So wie ein Maler eine Leinwand mit dem Erguss seines künstlerischen Geistes tüncht, hatte ich die Wand im Wohnzimmer meines Elternhauses mit meinem Blut bespritzt. Ich fühlte mich schrecklich und befand mich weit außerhalb von mir selbst. Zwischen den Schulterblättern steckte ein Tier, das sich ständig, tief im Gewebe hockend, über die Schultern bis zu den Oberarmen hindurchbewegte. Manchmal schien es direkt durch mich hindurchzulaufen und an meinem Herzen zu nagen und dabei meine Lungenflügel einzuengen, denn ich konnte kaum noch atmen und das Stechen in der Tiefe des zähesten Muskels, den ein Mensch besitzt, ließ mich befürchten, dass es mit mir wohl zu Ende ginge.

Doch es ging nicht zu Ende. Metzenfelder, nach unserem ersten Gespräch immer an meiner Seite, wenn ich ihn brauchte, hielt mich an, seinen Doktor aufzusuchen. Schließlich tat ich dies auch. Ich hatte endlich Angst davor, mir selbst weiter zu schaden. Man könnte sagen, ich hatte Angst vor mir selbst! Ab dieser Zeit war ich im Hause Metzenfelder untergebracht und mein vatergleicher Mentor kümmerte sich rührend um mich. Dann die Sitzungen. Es dauerte lange Monate und kraftzehrende Stunden mit Dr. Martin, der mich Stück um Stück davon überzeugte, dass meine Schuld oder vielmehr das Gefühl einer Schuld absolut real und nicht zu verleugnen war. Er zeigte mir alsbald Wege, diese Schuld abzubauen. Dass, was er »Tod ihrer lieben Mutter« nannte, verlor für mich nie an seiner wegweisenden Bedeutung – soll es auch nie. Aber dass meine Mutter in einem Zustand der Unzufriedenheit einen Fehler gemacht haben könnte, erscheint mir mittlerweile möglich. Über meinen gegenwärtigen Zustand kann ich heute vorsichtig behaupten, dass ich zurückgefunden habe zu meiner ursprünglichen Stärke. Ich habe die gefühlte Schuld gegenüber Caro und dem Kind, also unserem Kind, abgegolten. Dazu habe ich einen Besuch bei ihren Eltern absolviert, der sicher für sie aufreibender gewesen ist, als für mich. Die Mutter bot mir Kaffee und Kuchen an, doch Caros Vater verabschiedete sich in einen Nebenraum unter Hinweis auf seine Müdigkeit. Er wird den Tod seines einzigen Kindes nicht verwinden können. Das war mein letzter Eindruck von ihm. Die Mutter weinte Träne um Träne und ihr Kaffee blieb bis zum Schluss stehen. Ich besuchte anschließend auch Caros Grab, auf das ich einen Blumenstrauß für beide Leben, die dort begraben waren, legte. Ein Blumenstrauß jenem ähnelnd, wie ich ihn damals im Krankenhaus mitbrachte. Es ging wohl eher um die Symbolik, denn wirklich gebracht hat mir der Besuch eher nichts. Ich zwang mich sogar dazu, eine Minute auf dem Friedhof vor ihrem Stein zu verweilen – wie hätte das sonst wohl ausgesehen! Sie ist tot und das Leben, das sie in sich trug, ebenfalls. Caroline ist nun aus meiner Welt verschwunden, sie ist von der Welt im Ganzen verschwunden. Transzendenz zu ihr oder der Kleinen konnte ich nicht aufbauen, wie ich es auch schon vorher vermutete. Was man nicht kann, dazu sollte man sich nicht zwingen. Den Fokus nicht auf die Dinge zu richten, die man beherrscht, vielleicht sogar virtuos, ist eine Sünde. Meine Mathematik setzte ich vor wenigen Monaten erfolgreicher als je zuvor fort. Dr. Martin lehrte mich aus diesen verborgenen, verdrängten Gedanken des vergangenen Verlustes auszubrechen. Wieder in die Arbeit zurückzukehren, galt ihm dabei als Teil der Therapie. Ich erhielt Medikamente, die einen Teil der negativen Wahrnehmung in mir ausschalteten. Es geht nicht darum, die Vergangenheit ändern zu wollen. Man kann die Erkenntnisse der Vergangenheit bestenfalls nutzen, um auf die Zukunft besser vorbereitet zu sein. Doch man wird sie kaum jemals so gestalten können, dass sie sich genauso entwickelt, wie man es will. Das verbietet sich schon aus der Dynamik des Lebens, aus seiner komplexen Struktur heraus. Ich lebe seither konsequent allein. Sobald ich merke, dass sich aus irgendeiner Begegnung mit einer Frau eine Entwicklungstendenz abzeichnet, die über einen rein fachlichen Austausch hinausgeht, ziehe ich sofort die Konsequenzen und mich zurück. Wie schnell kann es da zum libidinösen Infekt kommen. Ebenso habe ich mich in die abstrakte Kunst, besonders der fraktalen vertieft. Sie schenkt mir Beruhigung durch die Gewissheit des unendlichen Lebens, die in diesen Strukturen liegt. Kurze Besuche bei Artur von Metzenfelder und Gespräche mit ihm stellen wohltuende Freizeitaktivitäten dar. Sie sind für uns beide von kolossaler Bedeutung. Für ihn jedoch besonders, wie mir scheint, seitdem sein Sohn Karl nur noch einmal im Jahr zuhause ist. Karl von Metzenfelder hatte ja die Tochter der mittlerweile aus ihrem Beruf ausgeschiedenen hiesigen Ärztin geheiratet und ist inzwischen mit ihr nach Hamburg gezogen. Er selbst hat dort ein Übersetzungsbüro gegründet und verbringt seine Zeit mit der Organisation von Übersetzungsformalitäten, hauptsächlich fremdländischer Dokumente, die ins Deutsche gebracht werden müssen. Sophie von Metzenfelder, geborene Candall, ist in die Fußstapfen ihrer Mutter getreten und hat eine Arztpraxis mitten in Hamburg-Harburg übernommen. Offenbar hat sie sich etwas aus ihrer Ödnis befreien können. Warum die beiden nicht in Unsberg blieben, weiß ich nicht. Manchmal schweifen Menschen eben in die Ferne und nicht selten suchen sie auch einfach das Weite. Die Verlagerung des Lebensmittelpunktes aber resultiert begreiflicherweise in seltenen Besuchen von Karl bei seinem Vater. Valeria Minkowsky wurde angeklagt wegen Versicherungsbetrugs, Hehlerei und Vortäuschung einer Straftat. Offenbar hatte sie zum wiederholten Male vor ein paar Monaten aus Geldmangel bei sich einbrechen und Kunstgegenstände stehlen lassen. Dann hatte sie sich unvorsichtigerweise neben der Versicherungssumme auch noch einen Anteil der auf dem Schwarzmarkt verkauften Kunst auf ihr Konto eingezahlt. Artur von Metzenfelder beruhigte und beunruhigte diese Nachricht zu gleichen Teilen. Er schloss daraus, dass seine langjährige Bekannte auch den Überfall vor vielen Jahren bereits fingiert haben könnte. Die Gerichtsverhandlung steht noch aus und Artur von Metzenfelder ist als Zeuge geladen. Die kleine Magda schreibt mir seit einigen Monaten nicht mehr, nachdem ich ihr kurz von meinen Gesprächen mit Dr. Martin berichtet hatte. Vielleicht war ich ihr gegenüber zu offen, denkbar ist allerdings auch, dass sie sich mittlerweile in eine Beziehung begeben hat, die den brieflichen Informationsaustausch mit meiner Person nunmehr verhindert. Für mich ist das in Ordnung. Die Tante ist irgendwo in Südamerika verschollen. Meine Traurigkeit darüber ist verständlicherweise begrenzt. Die Fassade meines Hauses lasse ich demnächst restaurieren. Die Pläne dafür habe ich mit Metzenfelder abgesprochen. Mein Untermieter ist letzten Sommer bereits ausgezogen. Ich möchte keinen Neuen. Vor Kurzem habe ich begonnen, den Weinkeller meines Vaters neu zu arrangieren. Die Eisenbahnplatte habe ich mit Tüchern abgedeckt und zum Verkauf inseriert. Meine Doktorarbeit ist bereits fertig. Ich gebe ihr aber noch hier und da etwas den Feinschliff, bevor ich sie veröffentliche. Schon vor einiger Zeit vollendete Raimund Görz das Caro-Projekt mit einer neuen Kollegin, die das Vorhaben fortführte. Auf dem Papier steht auch mein Name, was natürlich nicht von Bedeutung ist. Caros Name wird selbstverständlich an erster Stelle genannt und im Vorwort wird ihr von den Autoren herzlich gedankt. Es war ihre letzte Veröffentlichung. Was mich betrifft, so ist mein Leben wieder in einer vernünftigen Bahn. Zwar lassen gewisse Orte und Situationen, die mich vorher mit Caro verbanden, immer noch eine Fragilität in mir zum Vorschein treten. Aber die Kontrolle darüber habe ich weitestgehend wiedererlangt. Ja, ich glaube, ich bin endlich glücklich.